談人 長屋の殿様 文史郎

森 詠

二見時代小説文庫

目次

剣客相談人——長屋の殿様 文史郎

第一話　殿様出奔す

一

暑い。くそ暑い。

まだ初夏だというのに、まるで一挙に真夏にでもなってしまったような陽気だ。

陽の下にいると、じんわりと太陽に熱せられて、汗が吹き出て来る。

若月丹波守清胤《わかつきたんばのかみきよつぐ》は、庭の池に釣り糸を垂れ、大あくびをした。

退屈で退屈でたまらなかった。退屈で死にそう。

浮きはぴくりとも動かない。

池の緋鯉や鮒までもが人を小馬鹿にして、餌にも目をくれず、嘲《あざけ》るように水面近くを悠々と泳いでいる。

陽射しは強いが、木陰に入れば、そよぐ風はさわやかで、水面に細波《さざなみ》を見ているうちに、ついうとうとと眠気に誘われる。

築地塀《ついじべい》越しに物売りたちの声や町のざわめき、蟬の声が風に乗って聞こえてくる。さぞ屋敷の外の町人たちは、自由で楽しい暮らしをしていることだろう。それに比べ、我身はなんと不自由で、つまらない毎日を送っているのだろうか。

那須川藩一万八千石の下屋敷である。

小なれども、那須川藩若月家は下野国《しもつけのくに》の北の外れを領地にする城持ち大名である。若月家のご先祖様は、関ヶ原の戦いでいち早く東軍側について戦ったことが、家康公から認められ、外様《とざま》ではあったが、譜代《ふだい》として扱われてきた由緒ある家柄である。もっとも、その背景には、若月家がその後、家康の側室の娘シャン姫を正室として迎え入れたことがあり、徳川家の遠い縁戚にあたっていたこともあろう。

その若月家第十六代当主の余が、あろうことか、奥や家老たちに裏切られ、病気を理由に無理遣《や》り隠居をさせられてしまい、若月家の家督《かとく》を、新しく養子に迎えた清泰《きよやす》に譲らされたのだ。

幕府に届けられた病名は、なんと気の病。すなわち気が触れたため、藩政を司《つかさど》ることができなくなったという理由だった。

なにが気の病だ。勝手にでっちあげおって。

余は正気《しょうき》も正気。気など触れていない。

もっとも、気の病にかかった人間は、自分は絶対に気の病にかかっていない、と認めないそうだから、ひょっとすると、周りから見れば余も気が触れているのかもしれないが。

余は当年とって三十二歳。いくら若隠居とはいえ、隠退蟄居《ちっきょ》するには、まだまだ若すぎる歳ではないか。

余が若隠居を余儀なくさせられた話をすれば、一晩や二晩では語り尽くせない。

それを簡単にまとめていえば、婿《むこ》養子の分際で、少々やり過ぎたということだろう。

そもそも余が若月家の婿養子だったにもかかわらず、藩主に就《つ》いたとたん、藩の慢性的な財政赤字を立て直すために、抜本的で徹底的な藩政改革を行なったのが原因だった。

家老や重臣たちの家禄を大幅に減らし、その分を下級藩士たちの石高や扶持《ふち》に回して増やし、上に薄く下に厚い政策を行なった。

さらに、那珂川《なかがわ》の支流の灌漑工事を行ない、用水路や灌漑池を造り、新田開発を行ない、農民たちに分け与えるとともに、徴税を緩やかにした。

藩内の悪徳高利貸しに対し、利率を強制的に引き下げさせ、違反した場合は罰金を課すとともに、これまでの下級藩士や庶民が負っていた借金をすべて帳消しにする徳《とく》政令《せいれい》を施行した。

　那珂川の舟運税や関税を廃止して、川の往来や利用は一切《いっさい》自由とした。これまで舟運を独占していた船問屋や材木商の利益を半減させ、藩の上層部と手を結んで私腹を肥やしていた悪徳商人どもをびしびしと取り締まった。

　借金や重税に苦しんでいた下級藩士や農民、町民たちは、余の政策にやんやの喝采をしたが、反対に家老をはじめ、重臣や、彼らとつるんでいた大商人たちからは恨みを買ってしまった。

　そんなことは最初から承知していたものの、思わぬところから、足を掬《すく》われた。

　若月家直系である奥方萩《はぎ》の方《かた》の不興を買ったのである。

　わが奥萩は贅沢な生活に慣れ切っており、かつ、いつの間にやら家老や重臣どもに鼻薬《はなぐすり》で籠絡《ろうらく》されていたのだ。余も、うかつといえば、こんなうかつなことはない。

「婿殿、少々道楽が過ぎぎやしませぬか」

　藩の政事が道楽とは恐れ入ったが、ともあれ、入り婿の立場は弱い。

　十年前に余が婿養子として迎えられたときには、実家松平《まつだいら》家から五千両もの持参金付だったから、那須川藩は上から下までこぞって余を救世主のように歓迎してくれた。

五千両が藩財政の赤字補塡《ほてん》にあてられ、一時は那須川藩の財政は好転した。

しかし、十年も経てば、家老や重臣たちは、またぞろ内緒で袖の下を取ったり、商人とつるんで悪徳のし放題、せっかく好転した藩財政も悪化の一途を辿《たど》り、また元の木阿弥《もくあみ》になってしまったのだ。

遺憾なことながら、余と正室萩の方の間には子供がなかった。十年の間、子づくりに励んだものの、こればかりは相性の問題もあって、いかんともしがたい。

思うに余に子種がなかったのか、といえばそうではない。実を申せば、側女《そばめ》の何人かに手をつけたところ、うち二人を孕《はら》ませることができた。

しかし、正室萩の方は、それを知って烈火のごとく怒り、その二人を即刻、手切れ金を持たせて城から追い出してしまった。

そんな事情を知っている家老や重臣たちがはたまた悪知恵を巡らして考えついたのが、正式な嗣子《しし》がいないのをいいことに、新たな持参金付の養子をどこからか探して藩に迎えることだった。

それには、現当主の余がいつまでも藩主の座に居座っていてはまずい。かくして、家老や重臣たちは、余に若隠居を迫り、新たに養子縁組を画策したのだ。

そして、いまや掌《てのひら》を返したように、重臣たちは新しい養子を迎えている。

今度の新しい養子はなんと七千両を持参するというおいしい話だ。

しかも、新養子は元服したての十四歳の少年で、やや頭《おつむ》が弱いとの噂だ。余のように藩主になるや、はりきって赤字解消のため、藩政改革などをやるような若者ではない。

十四歳の少年は、ずる賢い家老や重臣たちにとって扱いやすい、願ったり叶ったりのバカ殿様というわけである。

あのごうつく張りどもめが。

余は怒った。

正義は我にあり。

おまえら悪徳家老たちのいいなりになってたまるものか。

誰が養子など迎えるか。なんとしても、萩の方に嗣子を産ませてみせる。

というわけで日夜、子づくりに励もうとしたが、今度は萩の方が余を拒むようになった。

では、側室に子を産ませようとしたところ、正室の萩の方は、嫉妬丸出しにして、側室をいじめ抜く。

そうこうしているうちに、余がそう簡単に藩主の座を下りようとせず隠居もしない、と分かった家老たちは、今度は悪辣な陰謀を巡らしはじめた。

ある者の内通で分かったのだが、家老と重臣は、余の寝首を掻《か》くとか、酒や味噌汁に毒を入れて毒殺するとか、馬で狩りに出たときに事故死に見せかけて謀殺するとか、さまざまな計画を立てている、というのだ。

余は最早これまでと、藩主の座を断念した。そこまで信望がないとなると、これは余の人徳のなさの故である。

余は家老たちの出した条件をすべて呑み、若隠居することを受け入れた。

家老たちの条件とは、余が江戸下屋敷に隠退蟄居し、今後藩の政治には、一切口を出さない、というもの。

隠居するのは、「気の病」という口実なので、下屋敷からは絶対に外出しないこと。その代わり、毎日の三食と、身の周り一切の世話をする若い側女をあてがう、という条件であった。

要するに、あとは死ぬまで下屋敷で飼い殺しという隠居生活である。三十二歳にして、人生を終えたも同然の若隠居である。

退屈なこと退屈なこと。もう退屈で死にそうだった。

唯一の楽しみは、庭の池での緋鯉、鮒釣りという次第だが、これとて、三日もすれば飽きてしまう。

清胤は竿を持ち上げた。いつの間にか、餌の糸ミミズが魚に食われてしまっていた。鯉や鮒たちにまで馬鹿にされておる。

清胤は釣針を引き寄せ、ミミズをつけた。

「殿、殿」

背後から清胤を呼ぶ声が聞こえた。

振り向くと、傅役《もりやく》の篠塚左衛門《しのづかさえもん》が平伏していた。

篠塚左衛門は、清胤がまだ松平家の四男坊で、文史郎《ぶんしろう》という名前だったころからの傅役である。左衛門はすでに頭が白髪で還暦を迎える老齢だったが、まだ心身ともに矍鑠《かくしやく》としていた。

「おう、爺か。余はもう殿ではないぞ」

「これは失礼いたしました。若隠居様」

「その若隠居も、どうも気に入らんなあ」

「と、申されましても、殿が若隠居であることはまぎれもない事実でありまして」

「分かった。それをいうな」

「は、は。重ねて失礼をばいたしました」

篠塚左衛門は恐縮して平伏した。

「爺、それよりも、例の方の首尾はいかがいたしたか？」

「そのことで、ご報告せんと罷《まか》り来《こ》した次第でございます」

左衛門はあたりを見回し、人がいないのを確かめてから、膝を進めた。

「殿、いや若隠居様、少々、お耳を拝借いたしたく」

「うむ。もそっと近こう寄れ」

「では、御免」

左衛門は清胤の傍らに寄り耳元に囁《ささや》いた。

「少々狭くて、むさくるしい長屋ではございまするが、格好の物件を見つけました」

「うむ。で、場所は？」

「東八丁堀《はっちょうぼり》の通称アサリ河岸《がし》と呼ばれているところでして」

「八丁堀とな？　奉行所の近くかのう？」

「近いといえば近くですが、周囲には武家屋敷が多うございます」

「下町ではないのか？」

「いえ、下町です。武家屋敷に隣合わせて、町家や商家があるという町でして、殿のような侍が通りを歩いていても、あまり目立たない、そういう町ですな」

「なるほど。それで近くに、どちらの藩の武家屋敷があるのかのう？」

「近くでいえば、伊達《だて》若狭守《わかさのかみ》の下屋敷でしょうか」

「ううむ。伊達藩ならば、あまり我が藩とは縁がない。さすれば我が藩の者が出入りする屋敷でもなさそうだな」

「ということでしょうな」

「うむ。では、決行の日取りは、いかがいたそうか？」

「お指図の通り、今宵にでも」

「今宵か。よかろう。善は急げと申すでな」

「殿、いや若隠居様、これが善かどうかは分かりませんぞ。爺は前前から申し上げておりますように殿の出奔《しゅっぽん》には反対しておりますでの」

「爺、分かった分かった。あくまで余の一存でやることだ。爺に責任はない」

「では、今夜、宵五ツ（午後八時）に、爺がお迎えに上がります」

「うむ」

「くれぐれもお里《さと》殿には悟られませぬよう」

「あい分かった」

「では、御免」

篠塚左衛門は一礼して後退りし、築山《つきやま》の陰に姿を消した。

お里は家老から側女として送り込まれた監視役を兼ねた女御だった。

体付きはむっちりとしていて肉感的ないい女だが、左衛門爺の話では、常時、余の行状について逐一報告が家老や奥方へ上がっているとのことだった。

一時はお里も連れての出奔を考えたが、爺の左衛門に、それでは何のための家出かと諫《いさ》められてあきらめた。

釣竿がしなった。手応えも大きい。

お、こんなときになってかかりやがって。

清胤は釣竿を引き上げた。見事な緋鯉がかかっていた。

清胤は釣り糸を手繰《たぐ》り寄せ、緋鯉を岸辺に引き寄せた。

「あら、若隠居様、初めて魚がおかかりになったのですね」

いつの間にか縁側に立って見ていたお里が喜びの声を上げ、側に控えた老婆にいった。

「婆や、今宵は精のつく鯉料理を食べられそうねえ」

「ではさっそくに台所の者に、鯉料理の用意を申しつけましょう」

「待て待て」

清胤は憮然としてお里や腰元たちにいった。

「こんな見事な緋鯉を食すわけにもいかんだろう」

清胤は引き寄せた緋鯉の大きな口から釣針を外した。

緋鯉は悠然と仲間たちの群れに戻って行く。

「考えてみれば、おまえと余は似た境遇にあるよのう。こんな狭い池に閉じ込められて、外の自由な川に出ることもできない。可哀想なやつめ」

お里と老婆は不満気に清胤を見ていた。

「若隠居様、お放しになさるのですか？　では何のために、池で釣り糸を垂れておられるのか？」

「ただの座興だ。魚を釣るためではない。ただ釣り糸を垂れていれば楽しい」

清胤は釣竿を片づけ、太陽の傾き具合を見た。

まだ宵まではだいぶ時間がある。それまで、どうやって時間を潰《つぶ》そうかと清胤は思った。

二

清胤は寝床でうたた寝をしているうちに、ふと廊下に人の気配がするのを感じた。

「殿、殿、起きておられますかの」

篠塚左衛門が声を忍ばせて呼んでいた。

清胤ははっとして寝床から飛び起きた。

「爺か」

「宵五ツ（午後八時）となりました」

「うむ。入れ」

障子が音もなく開いた。

左衛門がつつーと膝を進めて部屋に入り、障子を閉めた。

「すぐに出立の御用意を」

「用意はしてある」

清胤は素早く枕元に畳んであった小袖に着替えて帯を巻いた。袴を穿き、羽織を着込んだ。

「お里殿は？」

「爺、心配いたすな。お里は、あのあと、わしが疲れて寝入ったと思ったらしく早々に部屋を下がって行った。いまごろ、寝間で寝入っていることだろう」

左衛門は床の間の刀掛けから大小を取り、清胤に捧げた。清胤は腰に大小を差した。

「ほんとに着のみ着のままでいいのか？」

「何か持ち出そうにも、離れには何もありますまい」

「金子《きんす》は？　余は一銭もないぞ」

「とりあえずの金子は爺が用意しました。そのあとは、二人で働けば、なんとか暮らして行けるかと思います」

「済まぬな、爺に苦労をかけて」

「殿、何をおっしゃいます。これが松平のお館様から命じられた爺の勤めです」

左衛門は膝を進めて障子に寄って廊下や外の気配を窺った。

清胤も左衛門に倣《なら》って耳を澄ました。

「では、参りましょう」

屋敷の中は静まり返っている。

清胤が蟄居している部屋は下屋敷でも南の外れの離れで、母屋《おもや》からは廊下で繋がっているだけだった。

　下屋敷は上屋敷や中屋敷と違って、いわば別荘のようなものだったから、詰めている藩士は少なく、女中や下女、中間《ちゅうげん》や小者《こもの》などの数も少なかった。

離れでの隠居生活が始まってまもなくのころは、護衛という名目で、監視役の藩士たちが大勢詰めていたが、この半年の間、清胤がじっと大人しく隠居生活を送っていたので、徐々に見張りの数が減り出した。

藩の財政逼迫《ひっぱく》の折から、若隠居の監視のため、無駄な人員を張り付けておくのはもったいないとなったのだろう。

下屋敷を管理する勝手方の者たち以外では、警備の藩士、足軽などは五人しか常駐していない。

彼らは定時に屋敷の敷地内を見回るだけで、以前のようには、離れの見張りはいなかった。

清胤は左衛門について廊下の雨戸を開け、庭に出た。

外は月の光で仄《ほの》かに明るかった。夜空には細身の三日月がかかっていた。時折、流れる雲が月を隠し、その度《たび》にあたりは暗さを増した。

どこかで犬の吠え声が聞こえる。

裏木戸へ出た。普段は木戸番小屋に番人が居るのだが、これまた人減らしのため、表の木戸番小屋だけ番人を常駐させ、裏木戸は時折巡回するということに変わっていた。

左衛門は木戸の閂《かんぬき》を外し、戸を開けた。清胤は左衛門に続いて、外へ出た。裏木戸を出て、数間先に進むと掘割《ほりわり》になる。そこに一艘の猪牙舟《ちょきぶね》が待っていた。舟の中にしゃがんでいた人影が立ち上がり、頭を下げた。

左衛門が小声できいた。

「玉吉《たまきち》か？」

「へえ。お待ちしてやした」

「では、頼む」

左衛門はそういい、清胤を舟に促した。

二人は舟に乗り込んだ。船頭は竿を差し、舟を出した。

清胤は黒々と沈んだ下屋敷を振り返り、別れを告げた。

船頭は水音を立てぬように、静かに櫓を漕ぎはじめた。

「爺、そのアサリ河岸は遠いのか？」

「ここからは、少々距離があります。ですから、今夜のところは、いったん船宿に泊まり、明日の昼間、長屋へご案内いたしましょう」

「うむ。船宿か、それも一興だの」

清胤は船宿などに泊まったことはない。いよいよ始まる、新しい庶民の生活に、清胤は胸を躍らせるのだった。

三

船宿は夜が更《ふ》けても賑わっていた。

あちらこちらの部屋から、三味線の音、女の歌声、酔っ払った男の濁声《だみごえ》や女の嬌声が聞こえる。

女中が敷いてくれた蒲団に横になりながら、清胤は左衛門に尋ねた。

「爺、あの者たちは町人かの？」

「おそらく商人《あきんど》でしょう。いまの時代、商人の力が強いですからな。大尽《だいじん》はまずもって商家の大旦那、若旦那に決まってますすな」

「なるほどのう。ところで、爺は、いくら金子を持ち出したのじゃ？」

「都合三両といったところでしょうか」

「ほう。三両とな。それで、ちと酒など飲めぬかの」

「駄目です。この三両は、殿やそれがしが長屋で暮らす上で必要な元手。家賃や米代、殿の身だしなみを整える上でも必要なお金ですからの」

「身だしなみ？　いまのままでいいではないか」

清胤は枕元に畳んだ小袖や袴、羽織に目をやった。左衛門は頭を左右に振った。

「殿、いや若隠居様、さっきの宿の主人やお女中の顔を見ましたか」

「うむ。まじまじと余の顔や格好を見ておったのう」

「そうでしょう。あまりに御殿様御殿様していたからです。この部屋は、この宿で一番いい、上級武士や御大身《おたいしん》を泊める部屋ですからな。殿の姿を見て、これは只者ではない、どこかの藩の御殿様がお忍びで御越しになったと思い、この部屋に案内したのですぞ」

「ほうほう。見破られたかの」

「しかしこんなことでは、いくら江戸が広いといっても、藩の追手に、すぐ見つかってしまいましょう」

「それは困るのう」

「ですから、明日には、まず殿を髪結いにお連れして髷《まげ》を落とし、浪人風に直さなければなりませぬ」

「この髷や月代《さかやき》では駄目だというのか？」

「駄目です。いかにも、いいところの御殿様か若殿様に見えましょう」

「そうか、これは駄目か」

清胤は頭の髷に触った。

「頭だけでなく、服装も浪人風にせねばなりませぬ」

「と申すと？」

「袴はつけず、着流しにするのです」

「なるほど」

「殿のお名前も変えねばなりますまい」

「それもそうだな。若月丹波守清胤では、どこへ隠れても藩の者に見つかってしまうだろう。名前はなんとするか？」

「昔の名前、文史郎にお戻しになられたら、いかがかと」

「文史郎か。そうだのう。もともと、余は文史郎だったのだからな。それだと覚えやすい。松平文史郎だな」

「その松平もやめて別の苗字が必要ですな」

「それが余の名だったではないか」

「その余という言い方もおやめください」

「余もだめか?」

「はい。余は御殿様しかお使いになりますまい」

「では、何と申したらいいか?」

「拙者、それがし、みども、俺、私、あっし、のどれか、ということでしょう」

妙なことになった、と文史郎は思った。

屋敷を出奔すれば、気楽な暮らしができると思ったのは、間違いだったのか。

「苗字ですが、いかがでしょう。大館《おおだて》というのは?」

「大館文史郎か、悪くないな。気に入ったぞ。しかし、爺はどうして大館姓を思いついたのだ?」

「爺が大昔、剣を習った先生が大館興四郎《こうしろう》という御方でしたから」

「そうか。大館文史郎のう。よし。余は、いや、拙者はいまから大館文史郎だ。爺も、今後は、拙者を呼ぶにあたり、文史郎と呼ぶがいい。殿《との》は駄目だぞ」

「確かに。殿は駄目ですな」

「もちろん、若隠居も駄目だぞ」

「分かり申した。本日ただいまから、殿は、いや貴殿は大館文史郎殿ですな」

「爺、殿《どの》を付けるのもいかん。文史郎と呼び捨てでいい。爺は、拙者にとって年上の御仁だ。変に殿など付けて呼ばれたら、身元がばれてしまうではないか」

「確かに。文史郎、ですか」

左衛門は少しばかり言いづらそうにいい、口の中で何度も「文史郎」と呟《つぶや》いた。


翌日、左衛門は早速に文史郎を、近くの髪結いに連れて行った。

小半刻（一時間弱）もしないうちに、文史郎の殿様髷は落とされ、普通の武家のような本多風の丁髷《ちょんまげ》になった。

髪結いのついでに、頬髭《ひげ》や顎《あご》の不精髭や月代《さかやき》を剃ったので、文史郎は妙に顔や頭が涼しく感じた。

「いまごろ、下屋敷は大騒ぎになっていましょうな」

左衛門はにやりと笑った。

文史郎は頭を撫でながら、お里の豊満な軀《からだ》を思い出していた。

「余が、いや元へ、拙者が屋敷から出奔したことで、お里が奥方に責められなければいいが」

「殿、いや文史郎様、まだそんな未練がましいことをいっておられるのか」

左衛門は呆れた顔をした。文史郎は慌てて、頭を小さく振った。

「いやいや、冗談だ。屋敷を出て、こんな愉快なことはないぞ」

「では、早速に長屋へ、ご案内いたしましょう」

左衛門は再び掘割の船着き場へ文史郎を案内した。昨夜と同じ猪牙舟が二人を待っていた。

舟には手拭いで頬被りした町人がキセルを吹かしていた。

左衛門がいった。

「文史郎様、こやつは玉吉と申す者です」

町人は船縁をキセルの首でぽんと叩き、煙草の吸殻を落として立った。頬被りしていた手拭いを解いた。

「へえ。あっしは玉吉と申しやす。文史郎様にはお初にお目にかかります。以後、お見知りおきのほどをお願いいします」

「玉吉は、昔、美濃高須藩松平家の下屋敷で中間《ちゆうげん》をしていた男でしてね。信用のできる男です」

左衛門は付け加えるようにいった。

玉吉はぺこりと頭を下げ、また手拭いを頬被りした。

二人が舟に乗り込むと、竿を突き、舳先《へさき》を大川へ向けた。

四

二人を乗せた猪牙舟は、大川の流れに乗って下り、日本橋を過ぎたところで、倉庫が立ち並ぶ水路に入った。

その先には、ずらりと商家の大店《おおだな》が立ち並び、大勢の買物客たちが店先《たなさき》を右往左往していた。

文史郎は舟に揺られながら、もの珍しそうにあたりの風景を眺めていた。

やがて舟は京橋の下を過ぎ、迷路のような掘割を進み、柳が生い茂る川端の船着き場に横付けした。

「へえ。お待ちどうさま。このあたりがアサリ河岸でやす」

「ご苦労。玉吉、また頼む」

「へえ。お安い御用で」

左衛門は労《ねぎら》い、舟を降りた。ついで文史郎も礼をいい、岸に上がった。

玉吉は竿を突いて船着き場を離れ、掘割に漕ぎ出して行った。

「長屋の大家は安兵衛《やすべえ》といいまして、安兵衛店《だな》と呼ばれています」

左衛門は先に立って歩き、大通りに出た。両側に呉服店やら乾物屋、鍛冶屋や建具屋、桶屋が並び、たいそう賑わっていた。

左衛門は一軒の呉服屋と太物屋《ふともの》の間の木戸を潜り、裏路地に入った。路地は裏店《うらだな》に続いていた。

「殿、いや文史郎様、安兵衛店は、ここでござる」

「そうか。たしかに小汚《こぎたな》そうなところだな」

文史郎は左衛門に続いて、裏店の路地に足を踏み入れた。

路地の中央に浅い下水溝があり、濁ったドブが流れていた。すえた臭いが鼻をついた。

裏店の奥から子供たちが歓声を上げて駆けて来た。文史郎と左衛門の脇を駆け抜けて行った。

「おうおう、賑やかだのう」

文史郎は子供たちを見送った。

細い路地の両側に古びた長屋が十数軒、ずらりと並んでいた。奥の突き当たり付近に小さな広場があって、そこに井戸と厠《かわや》が並んでいる。

路地の先は、また大店の間を抜ける道になっており、そこにもう一つの木戸が見えた。

左衛門は路地に入って左側の二軒目の長屋の前に足を止めた。

空き家の看板が軒に吊るされていた。左衛門はその看板を外し、油障子を引き開けようとした。

障子戸はがたぴしと軋《きし》んだ音を立てた。

「だいぶ、がたがきてますが、とりあえずは、ここに」

「ほほう。これが江戸庶民が住んでいる、いわゆる九尺店《くしゃくだな》かの？」

「さようでございます」

文史郎はまじまじと部屋の中を見回した。

九尺二間の九尺店は、間口が九尺、奥行きが二間の広さしかない。入り口と台所を含めて、およそ三坪の小さくて狭い家だ。

文史郎は、ここに爺と二人で住むのか、と思うと、正直すぐにでも下屋敷に戻りたくなった。箕輪《みのわ》の下屋敷は広々として、不自由ではあったが、屋敷内だけは自由に動き回ることができた。

ここが我慢のしどころだ、と文史郎は思い直した。死ぬまで自由を奪われた軟禁生活の楽隠居がいいか、それとも何をするにも自由な長屋生活がいいか、どちらか一つである。

文史郎は三和土《たたき》から何もない畳の部屋に上がった。

ぷんと黴《かび》臭い匂いがした。湿気臭い感じもする。畳は古く、毛羽《けば》立っていた。

家具はまったくなかった。あるのは、左衛門がどこからか調達したらしい蒲団や掻《かい》巻《まき》、枕などだけ。それらが部屋の奥に重ねてあった。

壁が薄いらしく、隣の赤ん坊の泣き声や母親があやす声が聞こえる。

窓はなく、表の油障子だけが外の明かりを取り入れる唯一の箇所になっていた。

「爺、おもしろそうではないか。こんな長屋生活も一度はしてみたかったのだ」

「そうですか？　殿、いや文史郎様は、これまでの豊かな生活に慣れておられたから、ここで暮らすのは、きっと苦痛だと思いますがのう」

「大丈夫大丈夫。暮らしてみれば、すぐに慣れる」

文史郎は大小を腰から抜き、壁に立てかけた。畳の上にどっかりと胡座《あぐら》をかいた。

「少々お待ちを。まずは大家の安兵衛さんに挨拶をしませんと」

「おう、そうだな」

「ところで文史郎様、大家には、我々二人は親戚同士で、さる藩をある事情で脱藩した身であると申し入れてありますから、口裏を合わせていただきたくお願いします」

「うむ、分かった」

「では、大家を呼んで来ますので」

左衛門はそう言い残すと、そそくさと外へ出て行った。

文史郎は台所に目をやった。竈《かまど》が二つ、一方に米を炊くお釜が、もう一方の竈に鉄瓶がかかっているだけだった。

突然、障子戸ががたぴしと軋み、引き開けられた。

「御免」

どら声が響き、鍾馗《しようき》様のように黒い頬髯、顎髭を生《は》やした大男がのっそりと土間に入って来た。

文史郎は思わぬ闖入者《ちんにゆうしや》に驚いて飛び上がった。壁に立てかけた大刀に手を延ばした。

「待て待て。怪しい者ではない」

髭男は月代までびっしりと毛が生えており、見るからに貧乏そうな侍だった。

「おぬしか、この度、この貧乏長屋へ転がり込んだ侍というのは?」

「いやはや、それは良かった。わしは大門甚兵衛《だいもんじんべえ》という浪人者だ。この長屋には、侍はわし一人しか住んでおらなかったので、少々寂しい思いをしておった。拙者も、故あって、さる大藩を脱藩した身だ。大家に聞くと、なに、おぬしたち二人も、さる大藩を脱藩したとのことだったが、そうなのかね」

「うむ。大藩ではないが、確かに、その通りだ」

「それはそれは。同じ境遇の士が、この安兵衛長屋に転がり込んだというのも何かの縁。武士は相身互いだ。もし、何か困ったことがあったら、相談に乗るぞ」

「おお、それはご親切なことに。ありがたい」

「武士の社会と違って、町人の世界には町人の世界の習慣があっての。それにわしらは合わせねばならない。分からないことがあったら、なんでもいいぞ、わしに聞いてくれ。いくらでも教えてやろう」

黒髭の大男大門甚兵衛は豪快に笑い声を立てた。

「それはまことかたじけない」

「おぬし、大家の安兵衛を知っておるか」

「爺がいま呼びに行ったところだ」

「そうか。この安兵衛がけちな大家での。大家といえば親も同然、店子《たなこ》といえば子も同然、とはいうが、安兵衛はそんなことは微塵《みじん》も考えない吝嗇家《りんしょくか》だ。何かにつけて金を巻き上げようとするが、気にするな」

大門は意気盛んにまくしたてた。

「拙者なんぞ、自慢じゃないが店賃《たなちん》を半年分も溜めておる。大家からやんややんやの催促をされるが、ない袖は振れぬのだから、これはいたしかたがない。そのうち大家もあきらめるだろう」

大門は戸口に立っているので、太陽の光を背中に浴び、顔や風体《ふうてい》は日陰になってよく見えなかった。目が慣れると、徐々に大門の身なりや風体が見て取れた。

着ている小袖の襟《えり》は汚れと脂《あぶら》でてかてかに光っているし、袖のあちらこちらにぼろ布のツギハギがあてられている。袴も長年洗った様子もなく、裾《すそ》のあたりはほつれて、ぼさぼさに破れていた。

大門は文史郎が無遠慮に身なりを見ているのが分かったらしく、照れながらいった。

「いやあ。拙者があまりにみすぼらしい格好をしているので驚かれたのだろう？　だが、これも拙者の仕事のためにやっていることでのう。おぬしのように、素浪人なのにあまり立派な身なりをしていると、かえって相手に警戒されてしまう。それで、あえてこんな身なりをしておるのだ」

「いや、これは失礼した。不躾《ぶしつけ》にじろじろ見てしまって。仕事柄、そのような格好をされているとのことですが、いったい、どのような仕事をなさっておられるのか？」

「ははは。まあ、人助けと申すか。人があまりやりたがらないことを、代わりに拙者がやってあげるとか。ま、そんなことですな」

「それはすばらしい。人助けなど、なかなかできんものだからな」

「ところで、おぬしは何の仕事をしようというのかな？」

「それが、まだ浪人になったばかりなので、何をやったらいいのか、見当もつかぬのです」

文史郎は正直にいった。

いま持っている金子は、左衛門の話では、浪人生活を始めるにあたっての当座の金だから、長くはもたないだろう。すぐにでも金に困るのが目に見えている。

「おぬし、これの方はいかがかのう？」

大門は両手で刀を持って振る格好をした。

文史郎はやや思案気にいった。

「少々」

「その謙遜ぶりから見て、腕に覚えがありそうだな。して、何流を修められたかの」

文史郎は一瞬、どう答えたものか、と迷った。

松平家にいた子供時代には、藩指南役から小野派一刀流と柳生新陰流《やぎゅうしんかげりゅう》を習っていた。

元服してからは、いずれ、どこかの藩主の婿養子として迎えられてもいいようにと、君主が修める心形刀流《しんぎょうとうりゅう》を習得している。指南役から大目録をいただいているが、免許皆伝ではない。

心形刀流は諸流の刀法を採り入れ、綜合成立させたもので、柳生流や一刀流の名目が多い。それだけに免許皆伝を取るには、並みの腕前では難しい。

文史郎は大目録を貰ったあと、指南役直々《じきじき》に免許皆伝の審査を受けることになっていたのだが、急に若月家への婿養子が決まり、審査を受けることができなかった。

だから、文史郎は己の力が真実どのくらいのものなのか計れずにいた。腕試しをしようにも、藩主である文史郎が相手となると、藩士たちはみな遠慮して、真剣に文史郎を打ち負かそうとする者がいなかった。これでは腕試しにはならない。

「心形刀流を少々」

「ほう、心形刀流とな。それは珍しい。で、免許は？」

「いただいておらぬ」

「そうか。拙者は無外流《むがいりゅう》だ。もちろん、免許皆伝の腕前だ」

「それはすごいですな」

「しかし、いまの世の中、いくら拙者のように腕が立っても、なかなか仕官の道はなくてのう。だが、これからは分からんぞ。長年の太平が崩れ、だんだん世の中、物騒なことが多くなってきたでな。そうなると、望まれるのは、我々武士の腕だ。知っておるか？　最近、百姓町人も物騒な世の中に備えて、剣術を習いはじめた。そのため、雨後の筍のように、あちらこちらに町道場が開かれておる」

「ほほう。それは知らなかった」

「拙者のように腕が立てば、そういう町道場に乗り込んで、道場破りをして飯を食うという方法もなきにしもあらずだ」

「道場破りをおやりでしたか」

「しかし、道場を開いているのも、我ら同様の貧乏浪人上がりだからして、彼らを打ち負かし、道場を閉鎖させるのも気の毒でのう。門弟の手前もあろうから、拙者は道場主に立ち会うと、二、三本打ち合って、いいところまで来たら、たとえ勝てそうでも参ったと引くことにしている」

「わざと負けるのですな」

「負けるというよりも、わざと引き分けて、勝ちを譲るというべきだろうな。そうすると、道場主も門弟たちを前にして恥をかかずに済むので、たいていの場合、奥で馳走になる。そこで多少の金子を包んだものを、そっと渡してくれる、という寸法だ」

「なるほど。うまい手ですなあ」

文史郎は感心した。そういう方法なら、自分にもやれそうな感じがした。

表の小路に声高に話しながらやって来る人の気配がした。

大門は少し慌てた様子になった。

「ま、そんな具合に、いろいろ商売があるわけだ。いずれ相談に乗ろう。ところで、おぬし、少しばかり持合せはないかのう？」

「持合せ？」

「うむ。なに百文でも五十文でもいいのだが。拙者、いま小銭の持合せがなくての。すぐに返すので貸してくれぬか」

「小銭ですか。あいにく、それがしも……」

文史郎は出奔して以来、支払いは左衛門任せで、自分では一銭も持っていないのに気がついた。

「あ、いい。忘れてくれ」

左衛門と大家の安兵衛が連れ立って、戸口に現れた。

「おやまあ、大門様、お久しうございますな」

背が低く狸を思わせる顔の男が大門に声をかけた。

「おう。安兵衛殿。元気そうでなにより。それがし、ちょいとこちらにご挨拶に寄っただけでのう。これから用事があるので、失礼いたす」

「大門様、店賃がもう七カ月も溜まっておりますが、一部でも入れていただけないと……」

「分かった分かった。そのうち、ばんと耳を揃えて入れるから」

大門は手を振りながら、木戸の方へ逃げるように急ぎ足で去って行った。

「まったく、あの大門様は、いつもああなんですからねえ」

狸顔が苦虫を嚙んだような渋い表情になった。

左衛門は狸顔を文史郎に紹介した。

「文史郎、こちらが大家の安兵衛殿だ」

「拙者は大館文史郎と申す者。わけあって、ある藩を脱藩し、江戸へ参った。以後、よろしくお願いいたす」

「はいはい。篠塚左衛門様から事情はお聞きしました。大家としては、さきほどの大門様のように、店賃を半年以上も溜めずに御払いいただければ、何も申しません」

「……うむ」

「その点は、しかと承《うけたまわ》った。さきほど、前家賃も御払いしたし、今後の店賃については滞《とどこお》りなく」

左衛門が話の穂を繋いだ。

「そう願いますよ。でも、左衛門様といい、文史郎様といい、お目にかかって安心しました。こんな立派な方々ならば、長屋で問題は起こさないだろうとね」

安兵衛はほくほく顔でいった。左衛門は念を押した。

「人別帳には、ちゃんと記載してくださるのだろうな。でないと、わしらは無宿人になってしまうのでな」

「ええ、もちろんですよ。大家の責任で、あなたたちの身元を保証させていただきます。どうぞご安心のほどを」

安兵衛は部屋の中を見回した。

「何か、ご不便なことがありましたら、大家の私にいってください。できるだけのことはいたしますのでね」

「うむ。よろしう頼む」

大門は安兵衛はケチだ、吝嗇家だといっていたが、意外に話が分かる大家ではないか、と文史郎は思った。

安兵衛は戸口から出ると、長屋全体に聞こえるような大声でいった。

「長屋のみなさん、本日から、こちらに篠塚左衛門様と大館文史郎様のお二人が入居なさいます。どうぞ、よろしうお頼みしますよ」

「はい、大家さん」

「ええ。分かってます」

大勢が返事をした。

いつの間にか、長屋の間の小路には店子たちが集まっている様子だった。赤ん坊の泣き声や女たちがわいわいがやがやと騒ぐ声が聞こえる。

「さあ、お二人とも、長屋の住人たちに顔を見せてやってください」

文史郎と左衛門は安兵衛に促されて戸口から揃って顔を出した。

おかみさんや子供たちの顔が一斉に二人に集まった。男たちは働きに出ているらしく、一人もいなかった。

「皆の衆、よろしうお頼み申す」

左衛門が白髪の頭を長屋のおかみさんたちに下げた。

おかみさんたちも恐る恐るお辞儀を返した。

文史郎はおかみさんたちの好奇心丸出しの視線にさらされ、たじたじとなった。

「文史郎様、さ、ご挨拶を」

左衛門が文史郎の脇腹を肘で突っついて、頭を下げるように促した。

文史郎は慌てず騒がず大声でいった。

「皆の者、大儀、大儀であった。拙者と爺のこと、よろしう頼む」

おかみさんたちのざわめきが一瞬水を打ったように静まり返った。子供たちまで固まっていた。

「と、殿、いや文史郎様」

左衛門が慌てて文史郎を諌めようとした。

そのとたん、おかみさんたちがどっと笑い出した。

「ええ？　殿だって？　聞いた？」

「ほんと、お殿様だって」

「長屋にお殿様が来たってわけ？」

「道理で見るからにお殿様だわ」

おかみさんたちは姦《かしま》しく騒ぎ、大笑いしている。子供たちまで「殿様だ、殿様だ」とはしゃいでいた。

大家の安兵衛までもが笑っていた。

「みんな、分かったな。こちらのお侍さまは偉ぶらぬ剽軽《ひょうきん》で気さくな御方たちだ。お二人はわけあって脱藩なさったばかりで、長屋生活は初めてだ。慣れないことがあると思うので、皆の衆、どうか、お殿様たちの面倒を見てやってほしい」

「はーい」

おかみさんたちはどっと笑い、大声で返事をした。

「お殿様、どうか、あたしらのこともよろしくねえ」

文史郎は意外な成りゆきに左衛門と顔を見合わせた。

「爺、皆、歓迎してくれておるぞ」

「そのようですな。怪我の功名ですかな。それにしても、よかった」

左衛門はほっとした表情で頭を振った。

小太りでがっしりした体格のおかみさんが赤ん坊を抱え、くすくす笑いながら、文史郎の前に進み出た。

「あたしは、お殿様の右隣に住む大工の精吉《せいきち》の女房お福《ふく》です。いま、うちの宿六は武家屋敷の普請《ふしん》に行っているんでいないけど、よろしく」

「こちらこそ、よろしく」

文史郎は左衛門とともに頭を下げた。

もう一人、今度は痩せぎすのおかみさんが大口を開けて笑いながら、お福の脇に進み出た。

「殿様、あたしはお宅の左隣に住んでいる鳶《とび》の市松《いちまつ》の家内お米《よね》。味噌や醬油、米なんかで足りなかったら、うちにおいで。うちも貧乏だけど、なんとかしてあげるから」

「うむ。かたじけない」

文史郎は苦笑しながら礼をいった。

それから半刻（一時間）ほど、文史郎と左衛門は大勢のおかみさんたちから挨拶を受けた。一度に全員の名は覚えられそうになかった。

だが、文史郎は長屋のおかみさんたちのあっけらかんとした気さくな親しさに心地よさを感じていた。

第二話　姫君の涙

一

またたく間に十日ほどが過ぎた。

文史郎はようやく長屋での生活に慣れて来た。長屋の住民みんなと顔見知りになった。

食事から蒲団の上げ下げ、肌着や褌《ふんどし》の洗濯まで、何もかも爺と二人で自活しなければならないことにもだいぶ慣れはじめた。

おかみさんたちの好奇のまなざしも次第に収まり、左右隣のお米とお福が競うように、お惣菜や漬物を届けてくれるようになった。

長屋のおかみさんたちに受け入れられれば、いっしょに住んでいる旦那や亭主たちから受け入れられるのも早い。

文史郎は、いつしか、おかみさんや子供たちから「長屋の殿様」と親しみを持って呼ばれるようになっていた。

もとより、長屋の住人たちが文史郎の本当の身元を知ってのことではなかった。たまたま、左衛門がうっかりして「殿」と呼んだのを聞きつけたおかみさんたちが、おもしろがって文史郎を「長屋の殿様」と呼ぶようになったのが広がったのだ。

左衛門は、いつ何時下屋敷から探索の手が伸びるか分からないのにと、渋い顔をしていたが、もともとは自分の不注意から呼ばれるようになった仇名《あだな》である。

また口さがない長屋の住民たちのことだ。

理由もなく「長屋の殿様」呼ばわりしないようにと口封じするようなことになると、かえって口づてに噂は広まってしまうだろう。

文史郎はあえて否定もせず、なるようになれとのんびり構えていた。

ある日、外出から帰って来た左衛門が言いにくそうに文史郎にいった。

「文史郎様、申し上げにくいのですが、そろそろお足がなくなるもので、何か仕事を探さねばなりますまい」

「その文史郎様というのはやめてくれぬか」

「と申しましても、どうも呼び捨てにするのは、爺の気が引けまして。こうして二人でいるときには、せめて様を付けて呼ばせてください」

「……爺がそう申すなら仕方がないか」

文史郎は渋々認めた。

「ありがとうございます」

「して、お足がなくなるとは？　爺の足はちゃんとあるではないか」

文史郎は左衛門の両足を見た。

「いえ、こちらの足ではなく、金子のことでして」

左衛門は懐から財布を出した。

「三両はもう無くなったか？」

「まず一両は大家の安兵衛に、前家賃と役人の鼻薬《はなぐすり》に遣《つか》いました」

「役人への鼻薬とは？」

「人別帳に登録する際に、うるさいことをいわれぬためです」

「なるほど。そんなにうるさいものか」

「でないと無宿人になり、捕まると面倒なことになりましょう」

「うむ」

「それで、二両は、食べ物や米櫃《こめびつ》、鍋釜、桶、炭、薪などの生活のための品々を買うのに遣いました。それから、なんやかやとかかって、まだ二分ほど残っていますが、お米や味噌がなくなっているので、買わなければなりません。はたして、これで何日もつか、心許《こころもと》ないところです」

「そうか。爺、拙者は働くことに異存はないぞ。拙者にできるような、どんな仕事があるのかのう？」

「それでございます。大家に相談したところ、表通りを数丁行った商人町に、口入れ屋がございまして、それがし、用事がてら、ちょいと覗いて参りました」

「ほう。口入れ屋のう」

「そうしましたら、その店の出入り口で、出てくる大門氏《うじ》とばったりと出会いました」

「おう、あの髭男のう。なんだ、大門氏は人助けの仕事をしているといっていたが、そうではなくて、口入れ屋で何か仕事を探しているというのか」

「そうでございます。本人はそれがしとの挨拶もそこそこに非常に慌てた様子で飛び出して行ったので、そのあたりの詳しい事情はお聞きできませんでした」

「大門氏は大門氏として、どうかな、口入れ屋に、何かいい仕事はあったのかの？」

左衛門はゆっくりと頭を左右に振った。

「なにしろ、今日は飛び込みのようなものですからな。すぐにいい仕事が見つかるというわけにはいきません」

「そうだろうな」

「口入れ屋も爺をじろじろ見回し、年寄には無理な仕事しかない、という始末。そこで文史郎様もいると申し上げたら、店の方にお越し願いたいと申すのです。人となりを見なければ、どんな仕事が向いているのか、判断がつかない、と申しまして」

「そうか。口入れ屋は拙者のことを実際に検分《けんぶん》したい、と申すのだな」

「口入れ屋の分際で、殿を呼びつけるとは無礼千万と思ったのですが」

「爺、拙者は一介の素浪人、最早殿様でも若隠居でもないぞ。よろしい。その口入れ屋に行こうではないか。そして、存分に検分して貰おうではないか」

「殿、いや文史郎様」

「爺、武士は食わねど高楊枝というわけにはいかんぞ。腹が減っては戦もできぬ。おもしろいではないか。その口入れ屋へ案内《あない》せい」

「いまからですか?」

「まだ夕七ツ（午後四時）にもなっていまい。店も開いておろう」

文史郎は腰を上げ、大小を腰に差した。

「はい。文史郎様、では、早速にご案内仕《つかまつ》ります」

爺は三和土に文史郎の草履を揃えた。

二

文史郎は左衛門に案内され、掘割沿いの通りを京橋へ向かった。

人の往来が多い東海道に出て京橋を渡った。日本橋に向かう街道の両側に呉服屋やら太物屋などの大店がずらりと並んでいる。

文史郎は懐手《ふところで》にして、ぶらぶらと歩きながら、客で賑わう商店の様子を眺めた。

番頭の指図《さしず》で、手代や丁稚《でっち》が忙しく反物《たんもの》を店先に運んで来たり、片づけて奥へ仕舞ったりしている。

突然、女の絹を裂くような悲鳴が上がった。

文史郎と左衛門は足を止めた。

行く手の大通りのど真ん中に、大勢の野次馬が集まった人だかりができていた。

「喧嘩だ喧嘩だ」

「サムライの喧嘩かあ？　おもしれえ！　やっちめえ」

「なんだ、仇討ちらしいぞ！」

「いや上意討ちらしい」

野次馬は姦しく騒いでいる。

文史郎は人垣の後ろから背伸びをして、人だかりの中を窺った。左衛門も盛んに伸びをして中を覗き込んでいた。

四人の侍たちが抜刀し、一人を取り囲んでいた。囲まれた侍は背に一人の若い女を庇《かば》っていた。女は手足に脚絆《きゃはん》をつけた旅姿だった。女も胸の帯から懐剣を抜き放ち、四人の侍に短い刃を向けている。

「待て待て。話せば分かるではないか」

囲まれた侍は両手を広げ、必死に四人に訴えている。

「あれは、大門氏では」

左衛門が文史郎に囁いた。

「う？　確かに似ているが……」

文史郎は野次馬の頭が邪魔で、女を庇う侍の顔が見えなかった。

そのとき女を庇っている侍が移動し、横顔を見せた。びっしりと頬や顎に黒髭を生やした大門甚兵衛だった。

「確かに大門氏」

四人の侍は無言だった。じりじりと左に回ろうとしていた。四人とも尋常ならざる殺気を放っていた。いずれも、相当の遣い手に見えた。

一方の大門は四人の中の頭《かしら》と思《おぼ》しき年長の侍に正対し、その頭の動きに合わせて左に移動している。

「殿、いかがいたしましょうや？」

左衛門が文史郎に囁いた。文史郎は大門の身のこなしに隙がないのを見て取った。

大門は刀を抜いていないが、四人の侍たちは、打ち込めずにいる。

できる、と文史郎は思った。

下手に助太刀しては、失礼かもしれない。

「爺、いま少し様子を見よう」

「は、では、いましばらく」

四人の侍は、いずれも紺袴に揃いの黒の小袖を着込み、刀の下緒《さげお》で襷《たすき》をかけている。

四人ともきちんとした身なりの武家で、どこか由緒ある藩の上士《じょうし》たちと見受けられた。

「おぬしら、こんな娘っこを討ってどうするのだ？」

「どけ。上意だ」

頭らしい年長の侍が低い声でいい、青眼《せいがん》の構えから右八双の構えを取った。それに合わせるように、残り三人も構えを変えた。

頭の左の男は下段に刀を下ろした。右の男は上段に振りかざす。大門の背側に回った侍は懐剣を構える女に向かって青眼に構えた。

「女を庇うか。ならば、おぬしも討つ。刀を抜け！」

「待て。わしに刀を抜かせるな。抜けば、おぬしらの誰かを斬ることになる」

大門は腰の大刀に手をかけたが、刀を抜かず、左手で鞘《さや》ごと抜いてかざした。

「待て！ 待ってくれ！」

キエーエイ！

頭が裂帛《れっぱく》の気合いをかけた。

それを合図に四人が一斉に斬りかかった。大門は頭が正面から打ち込んだ大刀を、大刀の鞘で打ち払った。

乾いた音が立ち、鞘が真っ二つに割れて飛び散った。

文史郎ははっとして大門の大刀の刀身を見た。

銀色に光ってはいるが竹光《たけみつ》だった。

大門は竹光で、左から斬り上げた侍の刀を受けた。竹光は刀に当たったたと同時にすぱっと切れた。

右からの侍が大上段に構えた刀を振り下ろそうとした。

文史郎は野次馬の人垣を掻き分け、羽織を脱ぎ、大門の右手の侍の顔に放った。振り下ろした刀はかろうじて大門の傍らを抜け、空《くう》を斬った。

「大門氏、助太刀いたす！」

文史郎は女に斬りかかった侍に体当たりをかけた。体当たりをかけられた侍は吹き飛ばされて、地べたに転がった。

「かたじけない」

大門は切られて半分になった竹光を構え、侍に対していた。

文史郎は体勢を整えた侍たちの頭に向かい、大刀の柄《つか》をぐいっと突き出した。

「義によって助太刀いたす。かかって来られよ」

文史郎は大門と女を背に回し、大音声《だいおんじょう》を立てた。

四人の侍は文史郎を取り囲むようにして刃を向けた。

「義によって、老いぼれも助太刀いたす」

左衛門が抜刀して人垣から躍り出た。

背後に回ろうとしていた侍は慌てて飛び退いた。

「大門氏、さ、この刀を」

文史郎は小刀を鞘ごと抜き、大門に差し出した。

「かたじけない。恩に着る」

大門は小刀を受け取ると、はらりと抜き放った。

文史郎は大門に代わり、四人を指揮する頭に向かい、大刀の鯉口《こいぐち》を切った。

頭の男は青眼に構えた。文史郎の左目に剣先があてられ、次第に大刀が巨大になっていき男の軀が隠れようとしている。

こやつ、できる。

男は岩壁のように、どっしりと構え、微塵《みじん》も動かない。どこへ打ちかかろうと、同時に打ち返して来る。小手先の攻めでは相手の体《たい》を崩せそうにない。

文史郎は相手が相当の遣い手なのを感じた。

文史郎は腰を落とし、大刀の柄を握り、相手の目を見据えた。

男は全身から殺気を放っている。陽炎《かげろう》が立つような殺気の揺らめきを感じる。

文史郎が抜く気配を見せるだけで、相手は一足一刀の間合いを詰め、先《せん》を取ろうと打ち込んでくる。
文史郎が刀を抜くのが早いか、男が躍り込んで斬りかかる方が早いか。
刀を抜いたときが勝敗の決まるときだと文史郎は悟った。
うかつには抜けない。
抜きざまに相手を斬る、それしかない、と思った。おそらく相討ちだ。
相討ちなら、先の先を取る方が勝ちだ。
文史郎は心を決め、呼吸を整えながら、気を高めた。
さ、来い。そちらから来なければ、こちらから先を取って抜き打ちをかけるぞ。
ほかの三人の侍は、刀を構え、固唾《かたず》を飲んで頭と文史郎の立ち会いを凝視している。
彼ら三人は、左衛門と大門の二人に任せた。
不意に相手の軀から殺気が消えた。
「待て。今日はやめだ。皆、引け」
頭の命令にほかの三人は静かに刀を納め、敏捷に後退して行く。
頭の男はおもむろに文史郎に訊いた。
「おぬしの名は？」
「大館文史郎。して、おぬしは？」

「拙者、宝木弾正《たからぎだんじょう》。……今日の勝負はおぬしに預ける。いずれ、必ず決着をつけようぞ」

頭は大刀を鞘に戻しながら、すすすっと後退った。囲んでいた野次馬の人垣が二つに割れた。四人の侍たちは文史郎たちに背を向け、しっかりとした足取りで、街道を歩き去った。

文史郎はほっとして肩の力を抜いた。

「いやあ、武士として、面目《めんぼく》ない」

大門が文史郎に小刀を返しながら、頭を掻いた。

「さぞ、驚かれたことであろう。武士の魂が安っぽい竹光に変身していてはのう」

「いったい、いかがなされたのか？」

「ひもじさには、なかなか勝てぬものですなあ。それがし、どうせ腰のものを使わないと思い、大小とも金子に替えた次第」

「ところで、大門氏、あやつらは、いったい何者？」

「それについては、それがしも、まったく分からないのです」

大門はあたりをきょろきょろ見回した。

「あの女子《おなご》は？」

旅姿の女の姿はいつの間にか消えていた。

「爺、さっきの女子は？」

「それがしには……」

左衛門もあたりを見回していた。

周りの野次馬たちがわいわいがやがやと立ち会いの感想を言い合いながら、ぞろぞろと引き揚げはじめていた。

先刻の若い女は、野次馬に紛《まぎ》れて、礼もいわずに姿を隠した様子だった。

「大門氏、いったい全体、どうして、あの娘を助ける羽目になったのですかな？」

文史郎は女子の面影を思い出しながら、大門に訊いた。

ふっくらとした頰の膨らみは、まだ開花前の桃の花を連想させる。髪は武家娘に多い島田髷に結っていた。

額は典型的な富士額。勝ち気そうな大きな瞳。鼻が小さく、ちょっと小生意気そうに上を向いている。眉は美しい弧を描いており、全体に目鼻立ちがすっきりとした美貌の娘だった。

「それが口入れ屋の紹介の仕事で、あの娘を無事にさる武家屋敷まで届ける仕事でしたのですが」

大門は困った顔で頭をしきりに掻きながら周囲に目をやり、娘を探していた。

「弱ったなあ。あの娘は、いったいどこへ消えたのだろう」

「いっしょに我らも探してあげよう」

「重ね重ね、まことにかたじけない」

「困ったときはお互いさまだからのう」

文史郎も左衛門も街道の両側にある商店を見回した。だが、娘らしい姿は見当たらなかった。

「娘は、あやつらに襲われ、恐ろしくなって逃げたのかのう？」

「いや、そうではありますまい」左衛門が頭を左右に振った。

「ほう。と申すと」

「あの娘、身のこなしといい、懐剣を構えた格好といい、かなりの武術を修錬した手《て》練《だれ》と見ましたが」

「そうか。爺も若いな。抜目なく、娘を見ておったか？」

左衛門は赤い顔をして手を振って否定した。

「とんでもない。爺をおからかいなさるな」

「御免御免。許せ。誉めているのだ。冷静によく娘を見ておったと。ところで、大門氏、あの娘は、いったい何者なのだ？」

「それが、それがしも詳しくは知らないのだ。今朝早く、口入れ屋の権兵衛《ごんべえ》のところに、さる藩の御女中がやって来て、至急に信頼できる用心棒はいないか、と問い合わせたらしいのだ。御女中が帰った直後、入れ代わりにそれがしが店に行き、その仕事を引き受けた。急な仕事だったこともあり、内密にという条件もあったので、せいぜい、お菊《きく》殿という名前くらいしか聞いておらんのだ」

「お菊殿か。して、あの娘を、どちらの御家中の武家屋敷にお届けすることになっておったのだ？」

「それが、一切口外無用、極秘にという約束なんだ」

「なぜ、秘密にするのだろうかのう。ただ、娘を護衛して指定の武家屋敷に届けるだけなのにのう」

　文史郎は首を傾げた。

「まったく。口入れ屋の権兵衛に、もう一度、そのあたりの事情を訊かねばならん。では、文史郎殿、左衛門殿、それがしはこれにて失礼いたす」

　大門は地べたに散らばった竹光の刀身や鞘を拾い上げ、担いで歩き出した。

「大門氏、ちょっと待て。実は、我々もその口入れ屋へ行くところだった」

「おう、そうでしたか。そういえば、左衛門殿とは、今朝、権兵衛の店先でお会いしたのでしたな。やはり仕事探しですかな?」

「はい。あのとき、大門氏はだいぶ慌てて飛び出して行きましたが……」

「そうなんです。御女中のあとを追いかけていくところだった」

「では、いっしょに参ろうか」

文史郎は大門や左衛門と肩を並べて、大通りを進んだ。

三

大門は勝手知った様子で、呉服屋清藤《きよふじ》の大店の暖簾《のれん》をはね上げ、づかづかと店に入って行った。

文史郎と左衛門は大門のあとに続いた。

「権兵衛殿はおられるか?」

大門は店先で大音声を立てた。

店にいた女客たちが一斉に大門や文史郎を振り向いた。若い手代が急いで駆けつけ、腰を低めて「奥の方へ、どうぞ」といった。

「うむ。後ろの方々は連れだ」

「さようでございますか」

手代は大門を案内するように先に立って、奥への通路を歩いていく。

大店の奥には、四畳半ほどの部屋があり、仕切り屏風と襖で三方を囲んだ帳場があった。初夏だというのに、まだ長火鉢が置いてあり、その傍らに座り机と座蒲団があった。

「少々お待ちを。ただいま呼んで参ります」

手代は上がり框《かまち》に、三人分の座蒲団を敷き、そそくさと引き揚げて行った。

手代が引っ込むとまだ十三、四歳ほどの女中見習いが盆にお茶を運んできた。

「この様子では、お菊殿はここへ逃げて来ていないようだな」

大門は上がり框に腰を下ろし、腕組みをしながらいった。

「拙者たちがいて、話の邪魔にならぬか？」

「いや、むしろ、事情を説明する上で、おぬしらに証人になっていただくとありがたい」

「ならば、ごいっしょさせていただこう」

文史郎は盆のお茶を啜った。

出がらしの番茶のような味がした。我々はあまり歓迎されない客らしい、と文史郎は思った。

やがて大店の方から現れた権兵衛は、背が高く、猫背で、瘦せぎすの狐顔をした、あまり風采の上がらぬ男だった。

「お待たせいたしました。ああ、大門様、いかがいたしましたか？」

権兵衛は大門が手で弄《もてあそ》んでいる竹光をちらりと見た。

「おう、権兵衛殿、ちょいとばかり不具合なことになってのう」

大門は四人の侍たちに突然襲われ、娘を守ったものの、いつの間にか、娘が姿を消した経緯をことこまかに話した。

大門は立ち回りのときに、自分がいかに奮戦したかをさりげなく折りまぜていた。

抜目のない男だ、と文史郎は思った。

「……というわけだ。それで、こちらの御二方は、その現場を見ていた証人というわけだ。のう？」

大門は文史郎と左衛門に顔を向け、片目を瞑《つむ》った。

「そうでしたか。やはり、そんなに危ない仕事でしたか」

権兵衛は腕組みをし、静かにうなずいた。

「やはり、というのは、権兵衛殿も危険は知っておったのか」

「ですから、事前に大門様に、申し上げました。十分にお気をつけくださるように、と。ただお嬢様を屋敷に送るだけでいいのなら、子供でもできましょう。一両ものお金を出すのには、それだけの危険が伴います」

「それはそうだな」

「大門様は、相手のこともろくに聞かないで、飛び出して行かれたので、大丈夫かな、と思っておったところでした」

「急ぎの仕事ということだったのでな。少々、慌てて飛び出した。それがしの悪いところだ。しかし、こうなった以上は、礼金は駄目だろうな。せめて、半分《はんぶん》、いや一分でも……」

狐顔は冷ややかに頭を左右に振った。

「駄目です。あのお嬢様を無事に屋敷に届けて、初めてお渡しする成功報酬ということでございましたから」

「どうしたらいい？」

「お嬢様を捜し出し、あらためて屋敷にお届けするとなれば、話は別でございましょう」

「で、権兵衛殿、おぬし、あの娘は、どこへ隠れたか、御存じではないかのう？」

「いえ。そこまでは存じません。しかし、きっと依頼人の御女中がおいでになるでしょう。首尾はどうだったか、と確かめに。そのときに、ひょっとすると行方が分かるかもしれません」

狐顔が慰めるようにいった。文史郎は二人の様子を眺めながら、痩せた狐が大きな熊を捉まえて宥《なだ》めている図を思い浮かべていた。

「そうか。それまで待つしかないか」

熊の大門は番茶の出がらしを腹いせのようにぐいっとあおった。

「それで、こちら様は？」

と権兵衛は文史郎に訊きかけ、隣に控えた左衛門に気づいた。

「ああ、今朝、おいでになられた左衛門様、この御武家様がお話の方でございますか？」

「うむ。こちらが大館文史郎様でござる」

左衛門は威厳を籠めていった。

「そうでございますか。私は呉服屋主人の権兵衛でございます。ゆえあって、副業として口入れ屋をしております」

権兵衛は不躾な眼差しで、じろじろと文史郎を上から下まで見回した。まるで品定めするような目つきだった。

「何か、拙者に文句か異存でもおありなのか？」

文史郎は少し向かっ腹を立てた。無礼な男だ。

「ああ、これは失礼いたしました。どうぞ、失礼の段は平《ひら》にお許しください。左衛門様にお聞きしたお話ですと、天下の素浪人とおっしゃっていたので、当方で勝手にどんな方かと想像していたのです。その想像とはまったく違って驚いていたのです」

「ほほう。どんな男だと」

「普通、素浪人と申しますと、大門様のように、身なりも見るからに貧乏そうで、安物の着物や袴を着込み、風呂にも何日も入っておらぬような……」

「おいおい、権兵衛殿、それがしが、いるのを承知で申しておるのか」

大門が髭面を権兵衛に突き出した。

「滅相《めっそう》もない。大門様の悪口をいっているのではなくて、浪人といえば、そういう風体をしているものだと、申しているのです。お聞き逃しくださいませ」

「確かに、大館氏はきれいな身なりをしておるが、まだ脱藩仕立ての御仁だからだ。それがしだとて、脱藩仕立てのころから、いまのような格好をしているわけではないぞ」

「分かっております、大門様。あなた様とは長いお付き合いではありませんか。ですが、この文史郎様は、見た目、少々普通の脱藩者とは違う。上品で、どこか気品がございますな。いかにも御殿様然とされた、人品卑しからぬ風体」

「爺、まさか、それがしのことを……」

文史郎は左衛門を振り向いた。殿様だったということをばらしたのではないのか?

「いえ、文史郎様、それがしは洩らしておりませぬぞ」

左衛門は小声でいった。

「ならばいいが」

「何か、問題でも」

「いや、なに、こちらのこと」

「失礼ですが、お召し物は最高の絹織物の小袖。袴も一級品の物。お召し物一つとっても、ただの御仁ではない、と分かります。これは素晴らしい」

「どういうことか、拙者には、よく分からないが」

「いえ。左衛門様には申し上げたのですが、私はご覧のように表の商売は表通りにある大店呉服屋清藤の主人をしておりますが、特別に御贔屓《ごひいき》の御得意様から、表沙汰にできぬような、さまざまな内緒の揉《も》め事の相談も承《うけたまわ》っております」

「ほう、揉め事の相談も受けておるというのか？」

「相談を承ると申し上げても、私はただの口入れ屋、仕事の斡旋人でございますから、揉め事の解決をするようなことはしません。したくても、その力がありますまい。私にできることは、その揉め事を解決してくれそうな人をご紹介することぐらいです」

「なるほど」

「御得意様というのが、たとえば、大藩の上屋敷の奥方や御留守居役、大店の旦那様、由緒あるお寺の住職とか、身元を明かしたくない御武家様とか、御妾さんとか、それはさまざまいらっしゃいます。その方々に、御紹介申し上げるのに、やはり風体身なりが悪い人というわけにはいかないのです」

　権兵衛はちらりと大門を見た。

「これは大門様のことをいっているのではないのですよ」

「そう、いちいち断らなくてもいいぞ」

　大門は顎を撫でながら憮然としていた。

「つまりです。万が一、当方で紹介した方が、依頼人を裏切ったり、それだけでなく悪さをしたりすると、紹介する方の私の責任を問われることにもなりかねない。なににつけ、信用第一ですからね」

「うむ」

「その点、大館文史郎様は申し分がない」

「そうか。で、何か拙者向きの仕事はあるかのう？」

「少々、お待ちください」

「できれば、左衛門と一緒にできる仕事だといいのだが」

「分かりました」

権兵衛は座り机の上の分厚い帳簿を開いて、仕事を吟味しはじめた。

文史郎が覗き込もうとすると、権兵衛はさっと帳簿の頁を閉じた。

「申し訳ございませぬが、この原帳簿をお見せはできませぬ。それぞれの依頼人の隠しておきたい事情というものがありますので」

権兵衛はにやっと微笑むと、文史郎が覗けぬように表紙を立て、隠すようにしていった。

「そうですなあ。大館文史郎様や篠塚左衛門様のような御武家様にふさわしい仕事と申しますと……」

「うむ。どんな仕事があるのかのう？」

文史郎は身を乗り出した。大門も首を伸ばし、髭面を権兵衛に向けた。

「ありませぬなあ、いまのところ」

文史郎はがっくりした。大門はなぜか安心した顔付きになった。

「そうなんだよ。なかなか、我々武士向きの仕事はないので困るのだ。気長にここへ通ううちに、それがしのように、何か仕事はあるだろう。あまり焦らぬことだな」

「そうそう。大門様のような御武家様ですと、まあるのですがね」

「うむ。そうだろうそうだろう」

「大門氏に向いていて、拙者たちに向いていない仕事などあるのかね」

「もちろん、あります」

「ほう、どんな仕事か？」

権兵衛はちらっと大門を気にするように見た。

「それがしのことは気にせんでいいぞ」

「分かりました。たとえば、河岸の堤の普請工事の人夫とか、沖仲仕の仕事とか、シジミ漁師の手伝いとか、武家屋敷の普請人夫などですのう。結構、力仕事でして、一日働いても五百文ほどにしかなりませぬが」

「ほう。確か公儀の御触れでは、武士がそうした人夫仕事をするのは、禁じられておったように思うが」

「文史郎様、浪人とて人の子。飯を食うためには、背に腹を換えられません。浪人の方は手拭いを頬被りして、丁髷や月代を隠して働いていらっしゃります」

「爺、どうだ。拙者も一度人夫仕事をしてもよかろうと思うがのう」

「と、とんでもない。殿には、いや文史郎様には、とても無理な仕事ですぞ。きっとほかに、文史郎様にふさわしい仕事があります。そんな苛酷な人夫仕事などには手を出さないでください」

「おう、そうだよ。文史郎殿、おぬしのような人物が土方人夫などやったら、すぐ軀を壊すだろう。医者にでもかかることになったら、いくら稼いでも、藪医者に貢《みつ》ぐことになろう。左衛門爺さんがおっしゃる通りだ。おやめなさい」

脇から大門が口を挟んだ。

「そうかのう。力仕事なら剣の修業にもなろう」

「おやめください。それだけは、爺がなんとしてもお止めします」

左衛門は真剣な面持ちで文史郎を止めた。

「分かった分かった。爺のいう通りにいたす。そう心配いたすな」

左衛門の必死の形相に、文史郎は苦笑いしながらいった。そのとき、通路から凜《りん》とした女の声が響いた。

「御免くださいませ」

声のした方を見ると、そこに御高祖《おこそ》頭巾を被った奥女中姿の女が立っていた。

「いらっしゃいませ」

権兵衛が愛想よく返事をした。

「大門様、噂をしたら影ですよ。御依頼人の御女中です」

四

「お菊様は、あやつらに捕まったと申されるか？」

大門は思わず腰を浮かした。奥女中は声をひそめていった。

「はい。いま、さる寺の僧坊に監禁されているのが分かりました」

御高祖頭巾を脱ぐと、瓜実《うりざね》顔の美貌の女が現われた。年はまだ三十歳になったたか、ならぬかと思われた。

「弱ったのう。どうして、そのようなことになったのか？」

「姫君は襲われたあと、お結《ゆい》様が待つ隠れ家に御戻りになったのです。そこには、お結様を人質にした者たちが待ち受けていたのです」

奥女中は柳眉《りゅうび》をひそめた。権兵衛が静かにいった。

「大門様、お仕事を率先して、お引き受けになった以上、そやつらからなんとしても姫君を取り戻していただかなくては」

「襲われて拉致《らち》されたのは、それがしの不覚。まさか、それほど事態が逼迫《ひっぱく》していたとは知らずに、引き受けたそれがしが悪い。ここで腹を掻《か》っ切ってでも、お詫びしなければ」

大門は竹光の刀を手にわなわなと震えた。

「しかし、それがしの刀は……」

大門は顔を上げ、哀願するように文史郎を見つめ、腰の小刀に目を落とした。

文史郎は思わず小刀の柄を押えた。

「大門氏、それは、お断りいたす。早まるでない」

文史郎は権兵衛と御女中に向き直った。

「どうだろう、権兵衛殿、それに御女中、先ほどの侍たちが相手となれば、かなり手強い。大門氏一人では、姫君を奪還するにも、敵が多すぎましょう。余計なお節介かもしれぬが、拙者たちが手助けいたすが」

「それはそれは。願ってもないことです」

　権兵衛が大きくうなずいた。

「ほ、ほんとうでございますか？」

　女中の憂い顔がぱっと明るくなった。文史郎は女中がかつて愛した側女の一人お軽《かる》に似ているのを思い出した。甘酸っぱい感傷にふと襲われた。

「ありがたいお申し出ですが、料金も問題がありますけれど」

「成功報酬で、一両ということだろう？」

「はい。それ以上は」

　権兵衛は首を横に振った。御女中がいった。

「権兵衛様、こういう事情ですから、御上《おかみ》にお願いして、お礼は上乗せできるかと思います」

「では、どのくらいに？」

「御二人に御手伝いいただくとして、一人一両、合わせて二両を。さらに、姫君を御救いいただければ、さらに一両をお礼として差し上げましょう」

　文史郎は左衛門を見た。左衛門はいいでしょうと、うなずいた。

「結構です。では、拙者と爺が、御手伝いいたします」

大門も髭面を歪めた。

「それはありがたい。おぬしたち、力をお貸し願えるか。そうなれば、百人力、いや千人力を得たようなものだ。感謝に耐えぬ」

大門は三和土に跪《ひざまず》き、文史郎の手を取った。

「大門氏、跪くのはやめてくれぬか。それよりも、御女中、訳を聞かせてくれぬか。いったい、何が起こっており、拙者たちが何を手助けしようとしているのか、それが分からずにいるのは、どうも胸くそが悪い」

左衛門が文史郎を制した。

「殿、いや文史郎様、汚いお言葉ですぞ」

「殿ですと？」

御女中が怪訝《けげん》な顔をした。左衛門は慌てて首を振った。

「何でもありませぬ」

「まず、御女中、おぬしの名前から明かしてくれぬかの？」

「分かりました。私はさくらと申します」

「ほう、奇麗なお名前だ。して、姫君とは、いったい、どういう御方なのか？」

「それには、最初から申し上げないと、いけませんでしょうねえ」

　さくらは悲しげな顔をしたが、決心したのか、あたりに人がいないことを確かめてから、ゆっくりと話しはじめた。

「実は、我が藩主の御世継ぎ争いが絡まっておるのです」

　御世継ぎ問題と聞いて、文史郎は左衛門と顔を見合わせた。

　さくらの話によると、こうであった。

　信濃長野藩主松平惟邦《ただくに》は流行り病《はややまい》にかかり、明日も知れぬ危篤状態になった。

　惟邦には正室昌子《まさこ》との間に嗣子がいなかったため、昌子の実弟正実《まさざね》を養子として迎え、惟正《ただまさ》と改名させて、松平家の家督を継がせようという養子縁組が進められていた。

だが、問題なのは惟正にはすでに正室の葵《あおい》の方《かた》がいる上、惟正が家督を継ぐと、松平家の血統が途絶えることだった。

　惟邦には奥女中で愛妾の桔梗《ききよう》の方《かた》がいたのだが、嫉妬深い昌子は奥から桔梗の方を追い出した。それが十八年前のこと。

　正室の昌子は、何度も懐妊したが、結局一人も御子を得ることができずにいた。さすがに困った昌子は、何人かの側室を認めたものの、側室たちは一人の子も宿すことなく、今日まできてしまった。

　ところで、十八年前、屋敷を追われた桔梗の方は惟邦の子を懐妊していた。そして生まれたのが女子で、惟邦は菊姫《きくひめ》と名付けた。

惟邦は正室に追い出された桔梗の方を忘れることができず、内緒で桔梗の方に家を与えるとともに、子育てに支障がないように、密かに五十石の隠れ扶持を与え、護衛役を兼ねた老傳役大垣泰膳《おおがきたいぜん》を付けて住まわせていた。

惟邦は江戸にいるときには、毎日のように上屋敷を抜け出しては、桔梗の方の許《もと》に通っていた。

惟邦にとって、桔梗の方の家で過ごすことが、どんなに幸せだったことか。

その惟邦が病に倒れ、危篤になったものの、桔梗の方が見舞いに駆けつけることは、昌子からの許しが出なかった。

惟邦と血が繋がる菊姫が城中に戻ることは、昌子にとって脅威だった。城中では、少数ではあったが、血の繋がりのない惟正を養子に迎えることに反対の意見が根強くあった。

藩主の血統が途絶えるのを恐れた家臣たちは、この際、隠し子だった菊姫に婿養子を迎えて血統を繋ぐべきだと主張した。

昌子は惟邦を動かし、反対派の家臣たちを在所に戻したり、家禄を減らしたりして、切り崩した。結局、いまでは、江戸家老の一人を除く全重臣が昌子の実弟を養子に迎える派に鞍替えしていた。

そうした中、菊姫が危篤の父に一目会いたいと昌子に手紙を出したのだった。

昌子は菊姫の真意を疑い、菊姫が上屋敷に来られないように画策した。

そして藩士たちに菊姫が屋敷に来られないように妨害せよ、という藩命を出した。

その藩命に菊姫が反するようなことがあれば、密かに菊姫や桔梗の方、傅役の者を始末してもよし、という無慈悲な命令だった。

菊姫は、それでも屋敷に乗り込もうと何度も訪れようとしたが、その度ごとに昌子派の藩士たちに阻止されていた。

その際、傅役大垣泰膳は菊姫を逃がそうとして、追手と戦い、深手を負ってしまった。

菊姫は、そこで父の意向を受けた奥女中のさくらに屋敷まで護衛してくれる剣客を用意してほしい、と頼んだのだった。

大門は頭をぼりぼりと掻いた。

「そんな深い訳があったとは知らずに、それがしは菊姫の護衛を引き受けていたのか。いやあ、参った参った」

文史郎は左衛門と顔を見合わせた。

「信濃長野藩の松平家か」

文史郎も、もともと尾張家の支流高須松平家の血統である。同じ松平家を名乗っていても、さまざまな支流があり、本家が違えば赤の他人も同然だった。

「……知りませぬな」

左衛門は首を左右に振った。

文史郎はさくらに向いていった。

「さくら殿、菊姫は、いったい、どこの寺に監禁されているのか、案内していただけますか？」

「はい、もちろんです。ご案内いたします、では早速にも」

さくらは立ち上がり、御高祖頭巾を被った。

そのとき、文史郎は、さくらの軀から匂袋が立てる甘く魅惑的な麝香《じやこう》の匂いを嗅いだ。

以前にも嗅いだ匂いだった。

はて、誰の香りだっただろうか。お軽ではない。

文史郎は大刀を腰に差しながら、ふと昔手をつけたことがある側女の一人を思い出していた。

五

陽はだいぶ西に傾いていた。

あと一刻（二時間）もすれば、日も暮れる。

文史郎たちを乗せた猪牙舟は、京橋の袂の船着き場を出ると、掘割から掘割を巡るように進んだ。

船頭の老人は、よほど江戸の水路の地理に慣れているらしく、さくらがひとこと寺の名を口にしただけで、ろくに方角も聞かずに、すぐ舟を漕ぎ出した。

文史郎は江戸の街に不案内だったが、太陽の位置や遠くに見える富士山から、おおよその方角の見当はつく。

舟はいったん大川に出ると、広い河口を横切り、対岸の掘割の水路に入った。木場《きば》の方角だ。と思ったら枝分かれした掘割に折れて入り込み、静々と進んだ。

大門は竹光の刀の代わりに、権兵衛の店から貰い受けた心張り棒をしごいていた。樫で作られた心張り棒は、長さが六尺（約一八〇センチ）以上あり、大刀よりも長い上に軽いので、大門は気に入った様子だった。

さくらが船頭に何事かをいった。船頭はうなずき、舟を近くの船着き場に寄せた。付近には寺院の伽藍があちらこちらに建っていた。寺院ばかりが集まった地域らしい。

「寺の名は泉妙寺です。いまは住職もおらず、廃寺になって放置されている寺です」

さくらは船着き場に降り立った。

文史郎も左衛門も、大門も、急いでさくらのあとに続いた。

「この船着き場から、そう遠くありません。ここからは人目につかぬよう、入って行かねばなりません」

さくらは船頭に待つように指示し、文史郎たちの先に立って歩き出した。

白壁の築地塀が両脇に建っている道を真っ直ぐに進んだ。急に築地塀は終わり、そこから先は右側は畑になり、左手の崩れた築地塀の中は草ぼうぼうになった寺の境内だった。人の丈ほどに伸びた雑草の間に、本堂や僧坊の建物が見えた。

さくらは半ば崩れた塀の陰に身を隠していった。

「文史郎様、こちらが泉妙寺です。あそこに見える僧坊に菊姫様は監禁されています」

「ところで、さくら殿、おぬし、どうして、ここに菊姫が監禁されていると知っているのか？」

　文史郎は大刀の鯉口を切りながらいった。

「爺も、さっきから、そのことを考えておりました」

　左衛門も大刀の柄を握っている。

　大門が目を丸くしていった。

「おいおい、文史郎殿も左衛門殿も、この期《ご》に及んで、いったい、どうなさった？」

　文史郎は構わず、低い声でいった。

「そこに潜んでいる者、出て来い」

　崩れかけた塀の陰を、きっと睨んだ。

　殺気はないものの、先刻から、じっと文史郎たちの様子を窺っている。

「さすが、文史郎様。お待ちください。その者は味方です」

　さくらは微笑みながらいった。

　草叢が揺れ、草や木の葉で偽装した小柄な男が塀の陰から現れ、さくらの前にしゃがみ込んだ。

　大門は息を飲んだ。

「さくら殿、おぬしたちは、いったい何者か？」

「お疑いはもっともでございます。わたくしたちは、御庭番《おにわばん》。この者も、その一人です」

「やはり、そうであったか」

文史郎は刀の柄から手を離した。左衛門も肩の力を抜いていった。

「ならば、なぜ、おぬしたち御庭番だけで菊姫様を救い出せぬ？」

「我らは殿の直命により、桔梗の方様と菊姫様を守るようにいわれております。ですが、員数も少なく、あまりに非力。我らのみでは、昌子様側の家臣団から、菊姫様、桔梗の方様を救い出すことは難しいのです」

「相手の数は？」

草で偽装した男が低い声で答えた。

「全部で十人。さきほどまでいた目付とお付の指南役のお二人が急に屋敷へ引き揚げましたので、いまは八人です」

「目付様たちが急に引き揚げたと？」

さくらが首を傾げた。

「どうした？」

「もしかすると、屋敷で何か起こったのかもしれません。お殿様の身に何かあったのかもしれませぬ」

　さくらが心配顔になった。文史郎はうなずいた。

「では、少々急がねばならんかもしれないな。で、菊姫と桔梗の方は、どちらに？」

「お二人とも、縛られて僧坊の一番奥の部屋に監禁されております」

「人の配置は？」

「僧坊に四人がおります。四人のうち、一人が奥の部屋の前に張り番としており、残る三人が別の部屋で休んでいます。僧坊の四方に一人ずつ見張りがおり、警戒しております」

　文史郎は思案気に訊いた。

「彼らの中に腕が立つ者は何人おる？」

「いずれも、藩道場の上級者たちで、甲乙付けがたいかと」

「彼ら八人の中に、宝木弾正という腕が立つ侍がいなかったか？」

「はい。指南役の宝木弾正様ですな。宝木弾正様は、お目付様に付いて、上屋敷へお戻りになったと思われます。あの八人の中にはおりませぬ」

　さくらが訊いた。

「太吉《たきち》、尾田兵馬《おだひょうま》様はおられたか？」

「はい。控えの間におられると思います」

太吉と呼ばれた男ははっきりと答えた。

「どなたが御頭《おかしら》として指揮を執っておられますか?」

「尾田様です」

「やはり」

さくらがはっと明るい顔になるのを、文史郎は見逃さなかった。

「知り合いか?」

「はい。尾田様は殿お気に入りの元中小姓でした。尾田様は、奥方様の命令で嫌々ながらも従っておられる御方です。もしかすると話ができるかもしれません」

「ほかに話ができそうな御仁はおらぬか?」

「どう? 太吉」

「みな、尾田様の命令ならば従うかと」

太吉は答えた。

「ですが、もし、お目付様や番頭《ばんがしら》の宝木弾正様がお戻りになられたら、尾田様のいうことはきかないでしょう」

文史郎は腕組みをして考え込んだ。

「さて、どうしたものかのう」

これまでの殿様稼業において、人質騒ぎはなかった。

「暗くなるまで待つか」

「それでは遅いかもしれませぬ。早く殿に菊姫様を引き合わせないと」

文史郎は足下に控えた太吉に声をかけた。

「おぬしは、どこからなら、見張りに気づかれずに、僧坊に忍び込めると思うか？」

「…………」

太吉は考え込んだ様子だった。しばらくして太吉はいった。

「僧坊の入り口は二カ所。表口と裏口です。周囲の四人の見張りをまずどうにかしなければ無理でしょう」

「さくら殿、ほかにお味方衆は？」

「ここには、私と太吉だけです」

「では、こうなったら、五人で強行突破するしかありませぬな」

文史郎は、太吉と大門、左衛門に細かく指示を出した。

三人は互いに顔を見合わせ、うなずいた。

六

さくらは、小走りに僧坊への小路を進んだ。

見張りの侍は、さくらの姿に気づき、声をかけた。

「そこのおんな、どちらへ参る？」

「僧坊の尾田様に、至急のご連絡が」

「どなたからだ？」

「目付の杉山《すぎやま》様からです」

「では、拙者が取り次ごう」

さくらは侍に近づき、胸元に抱えていた紫の布包みを渡そうとした。

侍が手を伸ばした。さくらは、すかさず侍の鳩尾《みぞおち》に、紫の布包みに隠した短刀の柄を突き入れた。

「おのれ！　何をする！」

侍は鳩尾の痛みを我慢して、大刀の柄に手をかけた。

文史郎は草叢から飛び出し、侍に駆け寄った。

「おのれ、くせもの……」

声を立てさせぬように、喉を手刀で打ち、さらに鳩尾に当て身を打ち込んだ。

侍は悶絶して、その場に蹲《うずくま》り、気を失った。

文史郎は侍の軀を引き摺り、草叢に隠した。

どこからか山鳩の声が聞こえた。さくらも山鳩の声で応えた。

やがて左右から太吉と大門が現れ、僧坊の裏手から左衛門が手を上げた。

「首尾は？」

「いずれも、気を失ない、ぐっすり寝込んでいます」

四人の見張りは、これで片づいた。

文史郎はうなずいた。

「よし。では、さくら殿、尾田殿を呼び出して貰おうか」

「はい」

さくらはうなずき、僧坊の玄関口に立った。文史郎と大門は左右に分かれて配置についた。

「御免くださいませ」

さくらは大声でいった。奥から返事があり、廊下を踏み鳴らしながら、二人の男が現れた。

「なんだ、さくら殿ではないか。どうして、ここが分かったのか」

「尾田様、お願いがございまして、至急に伺いました」

「何だね、急に。まあ、上がってくれ」

「そうもしていられないのです。お願いというのは、奥に監禁なさっておられる桔梗の方様と菊姫様を、お渡し願いたいのです」

「な、なんですと！」

文史郎と大門は同時に駆け込み、尾田ともう一人の侍に躍りかかった。

尾田ともう一人の侍は刀を抜こうとした。文史郎と大門は、その手を押え、二人の鳩尾に当て身を加えた。

二人は声も立てず、その場に昏倒した。残りは二人。

奥の方でも、悲鳴が上がった。その声も、文史郎たちが廊下を駆けて奥へ行く前に静かになった。

さくらと文史郎は急いで廊下に上がり、奥の部屋へ駆けつけた。

「菊姫様、桔梗の方様、大丈夫ですか！」

奥の部屋では左衛門と太吉がにこやかに笑いながら菊姫と桔梗の方の縛《いまし》めを解いて

いるところだった。二人の侍が気絶していた。

「ああ、さくら、来ておくれかい」

菊姫と桔梗の方が、ほっとした安堵の顔をした。

七

信濃長野藩の上屋敷の門前は、昼日中だというのに、門扉《もんぴ》は固く閉ざされ、ひっそりと静まり返っていた。

門番たちは屋敷内に引っ込んだまま出て来なかった。

いくら左衛門や大門が扉を叩き、大声でお訪《とな》いを入れても、中からはまったく応対の声もない。

堪り兼ねて駕籠から降りた菊姫が、自ら名乗り、門扉を開けるようにいっても、中からはうんともすんとも返事がない。

通りすがりの侍や中間たちは、何事が起こったのか、と菊姫や桔梗の方の様子をじろじろと見ながら通り過ぎて行った。

時ならぬ騒ぎに辻番が通報し、おっとり刀でかけつけた町役人たちは、門前で仁王立ちしている文史郎の殿様然とした風体に声をかけるのも遠慮した。

さらに美しい武家娘の菊姫や奥方然とした桔梗の方を見て、「武家屋敷町は我らの管轄外でござる」とそそくさと引き揚げてしまった。

町役人たちは下手《へた》に騒ぎに関わり合うと、後々面倒なことになりそうだ、と勝手に判断したらしい。

傳役の大垣泰膳は、杖をつきつきよろめきながら、文史郎に歩み寄り、呻くようにいった。

「申し訳ござらぬ。それがしが、脚や腕を斬られなんだら、門扉を打ち破ってでも屋敷に押し入り、姫君を殿の枕元にお連れ申すのに、無念至極。こうなったら門前にて、この老骨の皺腹《しわばら》を搔っ切って、殿と姫君にお詫び申し上げようかと」

大垣泰膳は白髪の丁髷を震わせて、おいおいと泣き、ずずずと鼻水を啜り上げた。

文史郎は老傳役を慰めるようにいった。

「御老体、早まれるでない。死んでお詫びを申し上げるなどとは、当世流行りませぬぞ。死んでどうとなることでもありますまい」

「やはり、そうですかのう」

大垣泰膳は小首を傾げた。

「昔と今は違います。それに、姫君や桔梗の方をお守りする役目の御老体がいなくなったら、この先、いったい誰がお二人をお守りするというのか？」

文史郎は、長い杖にすがって、いまにも倒れそうな老体を支えた。内心、この御老体の傅役の面倒をみる傅役が必要だな、と思ったが、口には出さなかった。

大垣泰膳は、右脚に包帯を巻き、包帯をぐるぐる巻きした左腕を首から晒し布で吊るしている。見るからに重傷だった。家で安静にしていなければならないところを、無理遣り駕籠に乗り、菊姫と桔梗の方について来たのだった。

文史郎は信濃長野藩三万石の門構えを眺め回し、いかにしたら、菊姫たちを邸内に入れることができるか、思案した。

門扉の向こう側では、門番や御家来衆が固唾を飲んで、こちらの様子を窺っている気配がする。

屋敷には、御庭番のさくらと、その手の者が戻っているはずなのだが、彼らも奥方の昌子一派が押さえている門周辺には、手も出せないのだろう。

「殿……いや文史郎様、これは駄目でございますな。いくら我らが門前で騒いでも無視しようという魂胆でしょう」

左衛門が文史郎にいった。大門は頭をぼりぼり掻きながら、怒っている。

「まったく、けしからん。菊姫様が直々《じきじき》にお訪いを入れたのだから、御家来衆が返答してしかるべきだろうが」

「そうか、正面突破は無理か」

文史郎は考え込んだ。

菊姫と桔梗の方が、文史郎のところへ戻って来た。

「菊は、一目、お父様にお目にかかりたいだけなのに、どうして、会わせていただけないというのでしょう」

桔梗の方は、涙ぐむ菊姫の肩を抱いた。

「菊姫、あきらめてはいけませんよ。いくら奥方様でも、お殿様のご意志を無視し続けることはできますまい。家老の清水《しみず》殿が、きっと昌子様を説得してくれます。必ずお父様にお目にかかれますから、あきらめてはだめですよ」

桔梗の方によると、江戸家老の清水弾右衛門《だんえもん》が最後の頼りだという。

さくらの話では、清水弾右衛門は惟邦の側近中の側近で、江戸上屋敷では最も重要な留守居役でもあった。

さすがに奥方の昌子であっても、殿の側近であり、かつ留守居役として幕閣と親しくしている清水弾右衛門を失脚させたり、在所に戻すことはできなかった。

松平惟邦がまだ生きているうちに、昌子の実弟である惟正を養子として家督を嗣がせることを惟邦に承認させ、さらに、その養子縁組を幕府に届けて承認して貰うのは、清水弾右衛門なしにできそうになかったからだ。

清水弾右衛門は自分のそうした立場を最大限活かして、せめて松平惟邦の死に目に菊姫を立ち会わせたい、としているのだった。

一方、奥方の昌子は、夫の松平惟邦が臨終間際に遺言として娘の菊姫に何を言い出すか分からないのを警戒していた。

もし、大勢の家臣の前で、惟正を養子とすることを認めず、菊姫に婿養子を取るようにと遺言でもされたら、これまでの養子縁組計画は水泡に帰してしまうからだ。

「さあて、これから、どうするかだのう。奥の手を使うしかないか」

文史郎はため息混じりで左衛門を見やった。

「文史郎様、まさか……妙なことをお考えではないでしょうな」

「うむ。その妙なことを考えておる」

「爺は反対ですぞ」

「ほかに手があるかの？」

「…………」左衛門は黙って頭を振った。

八

文史郎は茶坊主に案内され、広間に通された。

「まもなく、お越しになります。少々お待ちくださいませ」

茶坊主は文史郎に、そう言い置き、廊下に退いて行った。

床の間には狩野派の山水画の掛け軸が掛けられていた。

水盤に水仙の生け花が差してある。

床の間を背にした上座に、脇息と分厚い座蒲団が一枚用意されていた。

文史郎は下座に正座した。

庭に面した障子戸はがらりと開け放たれ、白砂に覆われた石庭が見えた。よく手入れされた松の木が岩の陰からゆったりとした枝を延ばしている。

竹林の群生が池に見立てた白砂の庭の辺《ほとり》に濃い緑の葉を風にそよがせていた。

廊下に何人かの足音が響いた。鶯《うぐいす》張りの廊下は人が歩く度に小鳥の囀《さえず》りに似た音を立てる。

文史郎は座蒲団を外し、上座に向かって深々と平伏した。

上座の座蒲団に人が座る気配がした。斜め後ろにお小姓が大刀を掲げて座った。

「苦しゅうない。若月丹波守清胤、面《おもて》を上げい」

「ははッ」

文史郎は顔を上げた。

目の前に大目付松平義睦《よしのぶ》の穏やかな笑顔があった。

「お久しうございます。兄上様」

「ほんとうに久しぶりだのう。若月丹波守。いや、もう、その名前ではなかったかのう？　たしか気が触れたので隠退させられ、家督を譲って若隠居になったという報告を聞いたが確かか？」

「はい。その通りでございます、兄上」

「気が触れているにしては、元気だのう。私からみれば、そちはまったく普通の正常人に見えるが」

「気が触れているというのは、あくまで隠居をするための口実。それがしは、いたって元気でございます」

「そうかそうか。それを聞いて安心したぞ。で、隠退して若隠居となった気分はどうだな？」

「それは退屈で退屈で、とても隠居などしていられませぬ」

「そうだろうなあ。そちは、いま」

「数え三十二歳でございます」

「まだまだ、現役ではないか。そうよのう。若隠居ではもったいない」

「その若隠居、実は辞めました」

「なに、辞めたと？」

「実は無断で下屋敷を抜け出したのです」

「ほほう。おもしろいのう。おまえらしい。では若月家は大騒ぎではないか？」

「いや、そうでもないかもしれませぬ。日ごろから、やっかい者扱いされていましたから、奥や家臣たちも、それがしが家出をしたので、いまごろは、せいせいしたと喜んでいるのではないか、と思います」

「ということは、脱藩したのかのう？」

「それがしは、一応、元藩主。その藩主が脱藩ということはあるのでしょうか？」

「藩主の脱藩か？　ふむ。確かに聞いたことはないのう」

「兄上、それがし、那須川藩を逃げ出したのを機会に、名前も元に戻しました」

「おう、戻したとな。では、文史郎か？」

「はい元の名、文史郎です。どうか文史郎とお呼びください」

「ほう。そうか。松平文史郎だな」

「いいえ。苗字も変えました。以後、大館文史郎とご記憶なさいますよう」

「いいのう。おまえはいつも気楽で。私にはできんことだ。ところで、私を突然訪ねて来たのは、何か訳があってのことなのだろう？」

「図星でございます。実は、このように大目付の兄上にお願いに上がったのは、ほかでもありませぬ」

文史郎ははたと兄の松平義睦を見た。

「信濃長野藩の藩主松平惟邦殿をご存じでしょうか？」

「知らないでか。私は、仮にも大名たちを取り締まる大目付だぞ。しかも、松平惟邦殿は、遠縁ではあるが親戚ではないか。そうそう、松平惟邦殿は流行り病にかかって、一時は命も危なかったと聞いておったが、容態はどうなのだ？」

「そのことで、兄上のお力をお借りしたく、参上仕りました」

「ほほう、どういうことなのかのう」

松平義睦は脇息から身を乗り出した。

九

「下あ〜に。下あ〜に」

三台の権門駕籠《けんもんかご》が連なった行列は、武家屋敷の大通りを静々と進んだ。

四人の陸尺《ろくしやく》が権門駕籠を担ぎ、前後左右を裃《かみしも》に軽衫《かるさん》姿の侍たちが警護していた。

駕籠には、大目付松平義睦の家紋が付いていた。

先の駕籠には文史郎が乗り、後続の二台の駕籠に菊姫と桔梗の方が乗っている。それぞれの駕籠には、腰元姿の御女中が付き添っていた。

文史郎は駕籠の戸の隙間から、外の様子を覗いていた。

駕籠の左手に篠塚左衛門、右手に大門甚兵衛がお付の侍に扮してついている。

信濃長野藩上屋敷の前に着くと、行列は止まり、三台の権門駕籠は地面に下ろされた。

「開門！　開門！」

先触れの侍が屋敷の門番に大声で訪《おとな》いを入れ、大目付松平義睦が直々に松平惟邦殿の病気見舞いに訪れたことを告げた。

門番は慌てて通用門より屋敷内に駆け戻り、すぐさま門扉が軋みながら開かれた。

再び陸尺たちが駕籠を担ぎ上げ、行列は門を潜って、屋敷内へ進んだ。

門番や警衛の侍たちが、一斉に砂利の道に平伏して行列を迎えた。

駕籠は庭に廻り込み、玄関先に着いて下ろされた。

中間が駕籠の脇にしゃがみ、引き戸を開けた。白い鼻緒の草履が並べられる。

文史郎は鷹揚《おうよう》に駕籠を降りた。お小姓が大刀を支え持ち、文史郎の後ろについた。

玄関先の上がり框に出迎えの奥方の昌子や家老、側用人たちがずらりと並んで平伏して出迎えた。

「これはこれは、大目付様、我が主・惟邦の病気見舞いに、わざわざお越しいただき、恐悦至極《きょうえつしごく》に存じます」

きらびやかに着飾った昌子が三つ指をついて、口上《こうじょう》をいった。

「うむ。大儀、大儀であるぞ。その方が、松平惟邦殿の奥方の昌子殿かのう」

「さようにございます」

「以前、奥方にはお目にかかったように思うが」

「はい。園遊会の花見の際に、遠くからでしたが、ご挨拶させていただきました」

「そうよのう。覚えておるぞ。奥方に一度、お目にかかったら、その美しさに、いずれの殿方も、決して忘れまいて」

「殿、……お戯れもほどほどに」

脇から左衛門が渋い顔で囁いた。

「爺、いいではないか。ほんとうのことなのだから。いや、松平惟邦殿が、このように若くて、お美しい奥方を、いつも側に置くことができるというのは、羨ましい限りだのう」

「まあ、大目付様、私のような姥をおからかいになって……」

昌子は御歯黒を隠すように、口元に手の甲をあてて笑った。だが、緊張していた顔がいっぺんにほぐれ、まんざらでもなさそうな笑顔になっていた。

「で、松平惟邦殿のご容態はいかがかな？」

「あまり容態はよくありませぬ。一時には、危篤になりまして、はらはらさせられました。今日は、大目付様がお越しになられると申し上げましたら、たいそう喜んで、いつもよりも、いくぶん元気を取り戻した様子でございます」

「そうか、そうか。それはよかった」

「大目付様、どうぞ、お上がりになって。御家老、あなたからもお勧めしなければ」

初老の家老は穏やかな笑みを浮かべて、大きくうなずいた。

「おぬしは、家老の清水弾右衛門だな」

「大目付様には、いつもお目にかけていただき、恐悦至極に存じます」

家老の清水弾右衛門には、奥女中さくらを通して、事前にことと次第を伝えてある。

「うむ。おぬしも元気でなによりだ」

「さ、大目付様、お上がりいただき、早速にも殿の寝殿へご案内いたしましょう」

清水弾右衛門は奥女中たちに、案内をするよう指図《さしず》をした。

「しばし、待て。奥方殿、実は松平惟邦殿が危篤となり、明日とも分からぬということで、ぜひ、一目お会いし、お別れをしたいという御方たちをお連れ申したのだが、
別に異存はないだろうな」

「大目付様のお連れになる方でしたら、何の異存がありましょうか」

昌子はにこやかに応えた。

「奥方のお許しが出たぞ。その方ども、こちらへ参られい」

文史郎は二台の駕籠に叫んだ。中間たちが引き戸を開けた。

駕籠から、桔梗の方と菊姫が降り立った。

「あの者たちは……」

昌子が血相を変えた。

後ろに控えていた宝木弾正と配下の者たちが、桔梗の方と菊姫の前に殺到した。

「待て待て」

大門が大手を拡げて、宝木弾正たちを止めた。左衛門は菊姫と桔梗の方を背に庇い、刀の柄に手をかけている。

供の侍たちがいっせいに菊姫と桔梗の方を護衛した。

「奥方殿、いったい、どうしたというのです。いま、それがしが連れた者なら、誰でも異存はない、と申されたはずだが」

「奥方様、こやつ、大目付を名乗っているが、怪しいですぞ。先日も、こやつらに邪魔をされたばかりですからな」

宝木弾正が文史郎の前に出て、大刀の柄に手をかけた。

「ほほう。奥方殿、天下の大目付松平義睦に、刃を向けさせるとは、その覚悟ができておられるのでしょうな」

「むむむ」

昌子は顔色を変えた。

「奥方殿たちが、お進めの養子縁組の件、それがしから、不審の件ありと幕府に訴えれば、どうなるか、お分かりかな」

宝木弾正が大刀を抜き放った。

「奥方様、その者たちのいうことに耳を貸してはなりませぬぞ。養子縁組を破談にしようという陰謀ですぞ」

文史郎は落ち着き払い、宝木弾正の前に進み出た。

「おぬし、それがしを斬るというのか。斬れるものなら斬れ。その代償は、信濃長野藩お取り潰しだ。それを覚悟の上なら、斬れ」

宝木弾正はたじろいだ。文史郎が一歩進むと一歩下がる。

家老の清水弾右衛門が文史郎と宝木弾正の間に割り込んだ。

「無礼者！　宝木弾正、下がれ下がれ、下がりおろう。大目付様に向かって、なんという無礼なことをする」

清水は宝木弾正の胸を押した。

宝木弾正はたじたじとなった。

奥方の昌子が叫ぶようにいい、文史郎の前に平伏した。

「大目付様、失礼の段、なにとぞお許しください。宝木弾正、おまえも、土下座しなさい！」

「しかし、奥方様」

清水弾右衛門が大音声を立てた。

「黙れ、宝木弾正、おまえも、その配下の者たちも刀を引いて控えよ！」

宝木弾正の配下の者たちはいっせいに刀を引き、地べたに土下座した。みな深々と平伏した。

「大目付様、なにとぞ、不始末の儀、この清水弾右衛門の顔に免じて、お許し願いませんでしょうか」

「清水弾右衛門殿、分かった。おぬしの顔に免じて、すべてなかったことにしよう。奥方、では、桔梗の方と菊姫が、松平惟邦殿に、最後のお別れをするのを許してくれるのだな」

「はい」

昌子は平伏したまま、消え入るような声でいった。

「その代わり、なにとぞ養子縁組の件について、よしなにお取り計らいのほどをお願い申し上げます」

「あい分かった。それは請け合おう」

「ありがとうございます」

昌子は平伏した。宝木弾正も、配下の者たちも地に頭を擦りつけるようにしていた。

「では、清水殿、殿の病床に、我らを案内して貰おうか」

「では、ご案内申し上げます。みなの者、ご案内申せ」

清水弾右衛門は、奥女中たちに命じた。奥女中たちの中から、さくらが顔を見せた。

さくらは、率先して、文史郎や桔梗の方、菊姫を、奥の部屋の方へと導いた。

奥の寝所に着くと、文史郎はあとからついてきた奥方や家臣たちに向き直った。

「それがしがお見舞いしたのち、しばらく、お人払いをしてほしい。菊姫には、親子水入らずで話をさせたいのだ。いいな」

奥方や家臣たちは静まり返った。

文史郎は清水弾右衛門に案内させ、松平惟邦が寝ている寝所に入って行った。菊姫と桔梗の方があとに続いた。

十

松平惟邦は紫の絹布を頭に巻き、寝床に伏せっていた。息をするのも、苦しそうだった。

「松平惟邦殿、それがしは大目付松平義睦の弟松平文史郎と申す者。縁あって、おぬしの愛妾桔梗の方と、娘の菊姫をお連れ申した。存分にお話なさるがよかろう」

「ありがたきしあわせ……。もう会えないかと思うてました」

松平惟邦は熱っぽい顔をほころばせた。

「では、桔梗の方、菊姫。あとは、おぬしたちに任せた。それがしは、隣室で、誰も邪魔する者がないよう、見張っておる」

「ありがとうございます」

桔梗の方と菊姫は、礼をいうのも慌ただしく、病床に走り寄った。

「あなた！」

「お父様！」

桔梗の方と菊姫の声を背に、文史郎は清水弾右衛門とともに寝所を出た。

隣室には、左衛門と大門の二人、それに奥女中姿のさくらが控えていた。

寝所から襖越しに、桔梗の方や菊姫の泣き声が聞こえた。

「文史郎様、ありがとうございました」

清水弾右衛門が深々と文史郎に頭を下げた。さくらも紅潮した顔でお辞儀をしている。

「これで、殿も安心して極楽浄土へ旅立つことができましょう。この御恩、決して忘れません」

清水弾右衛門が袖で涙を拭った。

「うむ。あとは、おぬしたちが、今後の藩政をいかに運営していくかだ。がんばってほしいの」

文史郎はいいながら、左衛門と顔を見合わせてうなずきあった。

「これで一件落着落着」

大門も満面の笑みを浮かべて座っていた。

第三話　恋時雨《しぐ》れ

一

「いやあ、ほんとによかったでございますな。すべて丸《まある》く収まりまして、何よりでございました。菊姫様、桔梗の方様は松平惟邦様の死に目に会えて、さぞ喜んでおられることでしょう。さあ、これはお約束の金子《きんす》でございます」

口入れ屋権兵衛は、ほくほくした顔で、大門甚兵衛の前に、ついで文史郎と左衛門の前に紙に包んだ金子を差し出した。

「ほんとうにお疲れさまでした。どうぞ、お納めくださいませ」

「ほうほう。これはこれは」

大門は髭面を崩し、急いで紙包みを拡げて、中身の小判を確かめた。

左衛門も紙包みの中身をあらため、文史郎に「確かに」といって、懐に納めた。

「権兵衛、それで、おぬしの取り分は、いかほどになるのかのう？」

文史郎は権兵衛の嬉々《きき》とした顔を見ながら訊いた。

「なんのなんの、みなさまの上がりの、ほんのかすりを頂戴するだけですよ。やはり、みなさまあっての口入れ屋ですからな」

権兵衛はごまかすように女中を呼んだ。

「お清《きよ》、みなさまにお茶を淹《い》れてさしあげなさい」

「へーい、旦那様」

台所の方からお清の返事があった。

「粗茶で、ええんか？」

「粗茶などと何をいってますか。先日、よそ様からいただいた足柄茶の極上の茶があったろう。あれを淹れなさい」

「へーい」

「あれだから、田舎者は困るんだよねえ。みなさまのような御方には、いつも極上の茶を用意しなければねえ」

「先日は、番茶の出がらしだったがのう」

大門が文句をいった。

「…………」

権兵衛は素知らぬ顔で、机の上の原帳簿を開きながらいった。

「さて、文史郎様、今回の件で、難問解決のお手並みを拝見いたしました。やはり、私の目には狂いがありませんでしたね。はじめから文史郎様だったら、うまく解決なさると思っていましたよ」

文史郎は権兵衛が何を言い出すのか、と黙って聞いていた。

「そこで、文史郎様に、私からご提案があるのですが、いかがでしょうかねえ」

「何の提案ですかのう？」

「ぜひとも、うち専属の相談人になっていただきたいのです」

「相談人？　何かな、それは？」

「ひとことで申し上げれば、よろず揉め事仲裁人でしょうか」

文史郎は左衛門と顔を見合わせた。

「しかし、拙者たちはそのような仕事に向いておるかのう？」

「向いております。お手並み拝見いたしました。普通の揉め事仲裁人では、あのような事柄は解決できません。それを、文史郎様はほいほいとこなしていらした。大丈夫です」

「しかし、あれはたまたま運が良かっただけだと思うが」

文史郎はあまり乗り気ではなかった。

大門が文史郎に顔を向けた。

「文史郎殿、せっかく権兵衛殿から、そう提案されておるのだから、乗ろうではないか。それがしはやらせて貰おうぞ」

権兵衛は頭を振った。

「大門様では、だめです。これは、あくまで文史郎様にお願いしていることで、大門様にお願いしているのではありませぬ」

「な、なんだって！　それがしではだめだと申すのか」

「はい。はっきり申し上げて、上品でいかにもいいところの殿様然としている文史郎様だから相談したい人がいる。鍾馗風の大門様には、ご無理です」

「傷つくなあ。そうはっきりいわれては」

大門はぼりぼりと頭を掻いた。

清が廊下からお盆に湯呑み茶碗を載せて運んで来た。清は文史郎たちの前に茶碗を一つ一つ置いた。

「さあ、召し上がれ」

文史郎は茶碗を持ち、茶を啜った。

旨《うま》い。香りよし。一口含んで、極上の新茶だと分かる。

「これは先日の茶とはだいぶ違うな」

「あれは茶ではない。馬の小便だった」

大門は頭を振った。

「確かに。なかなか、このような上等な茶をいただくことはありませんな」

左衛門も顔をほころばせた。

「さようでございますか。いつも、お清には、こうした旨いお茶を出すようにいっては あるのですがねえ」

権兵衛も茶を啜りながらいった。

文史郎は権兵衛に向いた。

「拙者だけが、その相談人向きだと申すのか?」

「はい。相談人はなにより見かけが大事。まず風貌上品にして、高貴なる風格を有し、どこか態度に威厳があること。

前にも申し上げましたが、私どもに揉め事を相談においでになる方々は、江戸詰めの大身、上屋敷の奥方様や御家老重臣、あるいは身分をお隠しになりたい旗本や御家人、大店の旦那衆、お寺の住職とか、さまざまいらっしゃる。そうした方々と、対等、あるいはそれ以上の風格をお持ちであること」

「ううむ」

文史郎は顎を撫でた。

「二つに、人相風体、すべてにおいて、信用できそうな方であること。相談をする人は、相手を信用して揉め事を話すのですから、相談人は信用できそうな人でなければ、勤まりません」

権兵衛はちらりと大門に流し目をした。

大門は憮然として黙っている。

「三つ目に、これは大事なことなのですが、剣客《けんかく》であること」

「ほう。なぜかな？」

「揉め事の仲裁をなさる方は、当事者よりも強くなくては駄目です。喧嘩の仲裁をする人が、喧嘩をしている人よりも弱かったら、止めることなどできないでしょう。仲裁人は強くなければ、いい仲裁はできないのです」

「剣客ねえ」

「つまり、剣客相談人ですな」

　権兵衛は、そう締《し》め括《くく》った。

　文史郎は頭を振った。

「拙者だけが相談人に似つかわしいといわれてもなあ。拙者一人では、何もできぬ。爺がいての、それがしだからのう」

「殿、いや文史郎様はお優しい」

　左衛門は掌で鼻水をぐいっと擦り上げた。

　権兵衛はにやりと笑った。

「文史郎様、あなた様さえ、相談人を引き受けていただければ、あとは、どなたがお仲間になって働かれようと構いません。剣客相談人は揉め事仲裁を引き受けていただく責任者ということですから」

　左衛門がおずおずと尋ねた。

「権兵衛殿、それで、もし、文史郎様が相談人を引き受けた場合、いかほどの実入りがありますかのう？」

「はっきり、申し上げて、剣客相談人は腕を売り物にした商売でございます。買ってくれる人がいてなんぼの世界。いいですかな。人助けの慈善事業ではございません」

「なるほど」

文史郎はうなずいた。

「私の役割は、あくまで口入れ屋として、仕事を斡旋することです。できるだけ実入りのいい仕事をお回しする。その場合、通常の仕事口の紹介料とは違った利率の紹介料をいただくことになりましょうな」

「いくら、ということになる？」

「利益の二割を私どもがいただく、というのは、いかがですかな？」

「二割か」

「それでも良心的なお値段だと思いますよ。ほかの口入れ屋では、例えば弥次郎兵衛《やじろべえ》のところでは、三割ないし四割の斡旋料を取りますからね」

「ほう、そんなに支払うのか」

「危険な揉め事であるほど、お値段は高く、実入りも大きいのですが、三割、四割の斡旋料では相談人が可哀想です。危険を受け持つのは、相談人自身ですからね。私のところは、二割のままで結構です」

左衛門が訝《いぶか》った。

「権兵衛殿、相談人をしている武家は、かなりいるのかね？」

「相談人は、さきほど申し上げたような条件の方ですから、なかなかおりませぬ。口入れ屋仲間をざっと見ても、相談人を擁している店は、一店だけですね。あとは、普通の用心棒とか、普通の始末屋、仕置人とかを抱えている程度でしょう」

「用心棒とかも、腕を売っているのでは？　相談人と、どう違うのかのう」

「用心棒は腕っ節さえ強ければ、誰でも務めることができましょう。浪人でもごろつきでもいい。そんなどこの馬の骨とも分からない連中では、大名屋敷へ出入りするのははばかられるでしょうし、大店などは信用問題がかかっているから、かえって迷惑でしょう。秘密の揉め事などの仲裁を頼んだら、あとで逆に脅されかねない。そういうことがないのが相談人なのです」

文史郎は、ようやく相談人のことが分かった。

「おもしろそうだな」

「そうでしょう？　普通の人にはできない相談ですからね」

文史郎は左衛門に目をやった。

「爺は、どう思う？」

左衛門は考え込んだ。

「うむむ。権兵衛殿、相談人向きの仕事が来ない場合、どうなるのですかな？」

「ご支度金と生活費の立て替えをいたしましょう。店賃とか、毎日の食事代程度ですが、生活保障のお金は用立てましょう。いい相談事の仕事が舞い込んだ折に、立て替えたお金は返していただきます」

左衛門は愁眉《しゅうび》を開いた。

「文史郎様、この先、どのような収入のあてがあるか分かりませぬ。その条件ならば、お引き受けになっても、いいのではないかと」

大門が茶を啜りながらいった。

「文史郎殿、もし、おぬしが引き受けてくれれば、それがしは喜んで手伝うぞ。いや、ぜひ手伝わせてくれ」

「よろしい。権兵衛、その相談人、この文史郎が引き受けよう」

「お引き受けいただけますか。それはよかった。実は、すでに、いくつか、相談人向きのお仕事が入っておりましてな。どうしようか、と思っていたところです。では、早速、先方に文史郎様のことを紹介し、折衝します。その上で、あらためて文史郎様に、揉め事相談をしたいと思います」

「もし、話を聞いて、そんな揉め事の仲裁は嫌だと思ったら、その仕事を断ることはできるのだろうな？」

「それは当然です。ただし、いったんお引き受けになったら、途中で投げ出すようなことはしないでください。その場合は、文史郎様から相当額の違約金をいただくことになるでしょう。違約金は、先方へのお詫び代として支払う金になります」

「分かった。拙者、いったん引き受けたら、途中で投げ出すような卑怯なことはしない」

「それを聞いて安心しました」

左衛門がちらりと大門に目をやりながら、文史郎に耳打ちした。

「…………」

「うむうむ」

文史郎はうなずいた。

「ところで、権兵衛、相談人を、引き受けるにあたって、一つ願いがあるのだが」

「はい。何でしょうか？」

「さっきの話にもあったな。支度金をお願いいたしたい」

「いかほどの支度金でございましょうか」

文史郎はじろりと大門に目をやった。

「大門殿にも仕事を手伝っていただくとして、やはり腰の大小ぐらいは用意して貰わぬとな」

「それがしの大小か？　あれは知人の倉に預けてあってのう」

大門は頭を搔いた。左衛門がすぐに察して訊いた。

「いかほど用意すれば、質屋から出せるのですかな？」

「六カ月ほど預けてあるので、その質料も含めて、ざっと五両ほどあれば。いやいや、全額とはいわん。それがし、さっきいただいた二両がある。差し引き三両ほどあればいい」

「分かりました。その質草を出すお金、用意いたします。お返しいただくのは、お仕事のあとということでよろしいでしょうかな」

「結構結構」

文史郎はうなずいた。大門は髭面を皺くしゃにしながら文史郎に頭を下げた。

「申し訳ない。恩に着る。借りる金は必ずお返しいたす」

「うむ。分かり申した。これでいいかな」

文史郎は左衛門と顔を見合わせ、うなずいた。

二

長屋生活も慣れれば、自由で快適だった。

下屋敷でのあれこれ制約がある暮らしと比べたら、極楽浄土にいる心地さえする。

文史郎は左衛門とともに、朝早く湯屋に出かけ、のんびりと湯に浸かった。

朝早くだと、一番風呂を浴びに来る江戸っ子の遊び人が多いものの、まだ湯はきれいで気持ちがよかった。

これが夕方近くにでもなろうものなら、仕事が終わった職人や遊びで真っ黒になった子供たちがどっと湯屋に押しかけ、たちまちのうちに湯は汚れてどろどろになる。

そんな汚れた湯に入ると、さっぱりするどころか、かえって汚れるために湯屋へ行った気分になってしまう。

アサリ河岸の外れには、武家屋敷を改造した町道場があった。

文史郎は湯屋の帰りに寄り道し、武者窓から稽古する門弟たちの様子を眺めた。

門弟の多くは町人や子供たちだったが、武家の子弟も大勢いた。

道場主自らが率先して門弟たちに稽古をつけていた。

流派は鏡《きょうしんめい》新明智流《ちりゅう》と見た。頑丈そうな面や籠手《こて》、胴などを身につけ、重い袋竹刀《ふくろしない》で打ち合う稽古は、さながら真剣勝負のような迫力がある。

門弟たちの中に、はっとするほど鋭い太刀筋の若者が数人いた。

道場主の師範も目をかけている様子で、その若者たちに毎日のように稽古をつけていたが、若いだけあって、覚えるのも早く、めきめき腕を上げていく。

「殿、腕が鳴りませぬか」

左衛門がいっしょに窓から覗きながら文史郎にいった。

「あのように無心で稽古ができるのは羨ましいのう。懐かしい限りだ」

「いま江戸では、雨後の筍のように、町道場があちらこちらにできているそうですぞ。相談人もいいが、どこかに道場を開いて、若者たちを指導するというのも夢があっていいと思いますなあ」

「うむ。それもいいのう。金が貯まったら、道場でも開くとするか」

文史郎も、左衛門の夢に賛同した。

「もし、そこのお二人。そんなところからご覧にならずに、どうぞ、道場へお入りになって、ご覧になったら、いかがかな」

いつの間にか、初老の道場主が後ろに立っていた。

「ありがとうござる」

「いつも、湯屋の帰りに立ち寄られて見ておられるが、お二人とも、かなりの手練とお見受けしたが、いかがかな」

「いや、それほどでもない。師範こそ、かなりの剣客。しかも、あのような若者たちを育てられているのが、実に羨ましい」

道場主は穏やかな笑みを浮かべた。

「申し遅れましたが、それがしは桃井《もも い》春蔵《しゅんぞう》直一と申す。以後、お見知りおきを」

「それがしは、大館文史郎。そして、こちらの爺は……」

「篠塚左衛門でござる」

左衛門も名乗った。

「どちらのご家中でござるか？」

「それがしも、爺も、さる藩に居られなくなり、出奔いたした者。いまや天下晴れての素浪人でござる」

「そうはお見受けできぬが……」

桃井は穏やかな眼差しを文史郎に向けた。

「もし、よろしかったら、日差しを避け、道場の中にお入りになられたら、いかがですかの？」

左衛門がかすかに頭を左右に振った。

「ご親切、ありがとうござる。今日のところは、これからちと用事がござるので、失礼つかまつる。別の機会に、寄らせていただきましょう」

文史郎と左衛門は道場主に頭を下げ、武者窓を離れた。

道場主の桃井は手拭いで軀の汗を拭いながら、文史郎と左衛門を見送っていた。

「なかなか感じのいい道場主だったな」

「確かに。道場の繁昌も、あのお人柄によるものなのでしょうな」

左衛門は呟くようにいった。

長屋へ戻ると、玄関先に見覚えのある丁稚が二人を待っていた。丁稚は呉服屋清藤の大店で働く少年だった。

「あ、お侍さま。お待ちしてました。旦那様が、お店のほうに、ぜひ、お越しください、とのことです」

それだけいうと丁稚は通りを駆け去った。

「いよいよ、相談人のお仕事が入ったようですな」

左衛門がやや浮かぬ顔でいった。

三

呉服屋清藤の店の奥には、すでに大門の姿があった。

文史郎と左衛門の姿を見ると、大門は待ちかねたように立ち上がった。

「おう、やっとおいでになられたか。お待ち申していた」

大門はいつになく小ざっぱりした格好だった。頭の髪は総髪で、申し訳程度に髷が結ってあり、鍾馗様のような髭面は変わりないが、着物と袴がいつもと違っていた。

継ぎ当てが付いた小袖は、渋い浅黄色《あさぎ》の小袖に、やはり継ぎ接《つは》ぎだらけだった袴ではなく、着古された袴ではあったが、洗い立てのものだった。

左衛門が無遠慮に大門を上から下までじろじろと見回した。

「ずいぶんとお変わりになりましたなあ。それで髭を剃り落とし、月代を剃ったら、どこかの家中《かちゅう》と思われましょうな」

「そうかの。我ながら着物や袴を変えたら、別人になった気分がしてのう」

大門は照れくさそうに頭を掻いた。

「質入れなさっていた物も出したようだな」

文史郎は大門の腰にある大小に目をやった。

「ははは、これは本物の刀です。やはり、ずっしりと重くて、竹光に慣れた軀には多少堪えますなあ」

文史郎は大門、左衛門とともに上がり框に腰を下ろした。

女中が盆に載せた茶を運んで来た。

文史郎は茶を啜った。先日に飲んだ茶より、少々格が落ちる味だった。

「お待ちどうさまでした」

奥から狐顔の権兵衛が、帳簿を片手に、そそくさと内所に現れた。

「みなさま、お揃いのようですな。今日お呼び立ていたしましたのは、早速《さっそく》でしたが、さる大店の旦那様から、揉め事相談がありまして、文史郎様にお計りしようとお呼びしたわけです」

「ほう。どのような揉め事だというのだ？」

文史郎は茶を啜りながら耳を傾けた。

「ある大店の旦那様が、お抱えになっているお妾さんがおりましてな」

「うむ」

「そのお妾さんが、このところ、二度ばかり、暴漢に襲われ、危うく攫《さら》われそうになったのだそうです」

「うむうむ」

「一度は、踊りのお稽古の帰り道に、三、四人の男衆に追われ、駕籠に押し込まれかけたのを、通りかかりのお武家さまに助けられた」

「ほう。して二度目は？」

「自宅でお休みの折、数人の男衆に押し入られたそうです。そのときには、いっしょに住んでいる下女が近くの番屋に駆けつけ、役人たちが大勢駆けつけたため、男衆は逃げ出して、ことなきを得たそうです」

「なるほど。それで、そのお妾さんを守ってほしいというのだな」

「まあ、そういうわけでして」

文史郎は左衛門と顔を見合わせた。

「権兵衛、これはあえて拙者たちが引き受けなくても、よさそうな仕事ではないか？」

「そうですな。町奉行所に届けて、番所から十手持ちを何人か派遣して貰えばいいような揉め事に見えますが」

大門も得たりとうなずいた。

「そうそう。誰か信用のできる用心棒を雇って、お妾さんに付ければいいのではないか？　なんなら、それがしが用心棒になってもいいぞ」

「それが、いろいろ事情があってできないというのです」

「ほう。どんな事情があるというのか？」

「大店の大旦那は、艶福家《えんぷくか》でしてな。ほかにもお妾さんが二人もいたのです。それを知った奥様が烈火のごとく怒りまして、厳しく旦那様を追及して、そのお妾さんたちに手切れ金を渡して、やっと縁を切らせたばかりだったのです」

「なるほど」

「その騒ぎの最中に、大旦那様が新たに囲ったのが、そのお妾さんでして、前のお妾さんたちは飽きが来ていたので、お払い箱にするちょうどいい機会だったわけですが、今度のお妾さんは若くて美人で、まだ奥様にもばれていない。それで大旦那様は、その女だけは手放せないというのです。それで、なんとしても奥様にばれないように隠しおおせないか、と考えているのです」

「つまりは、奥さんにばれそうな浮気の揉め事というわけだな」

「その大事なお妾さんが、二度も暴漢に襲われたというので、大旦那としては、心配でたまらないのです。奥様にばれるのも恐いが、それ以上に、何者か知らない連中にお妾さんが攫われたりしたら、どうしようかと心配しているわけです」

「その暴漢たちというのは、何者か分かっておらぬというのだな？」

「はい。分かれば、それなりの手は打てるわけですが」

文史郎は思案気にいった。

「新しい浮気相手を知った奥さんが、荒くれ者を雇って襲わせたのではないかの？」

「それはなきにしもあらずですが、大旦那にいわせれば、二人のお妾さんと縁を切らせたばかりなので、奥さんは安心しており、まだ気づいていないそうです」

大門は苦々《にがにが》しくいった。

「あまり同情ができない旦那だなあ。奥方が少し可哀想な気もするぞ」

「まあ、遣《や》り手の商売人は商売だけでなく、女にも熱心でしてね。英雄色を好むといいますか。艶福家ほど、商売も上手《うま》くいくもんでして」

左衛門は首を傾げた。

「その女、何かいわくがあるのでは？」

「そこなんです。左衛門様、さすが年の功ですなあ。その女は、確かに訳あり女なのです」

「どういう訳かのう？」文史郎も訝った。

「その女は、実は一人息子の若旦那が惚れた女だったのです。若旦那が深川の水茶屋で見初《みそ》めた下駄職人の娘で、若旦那は娘と結婚したい、と言い出した。ですが、若旦那には、すでに親同士が決めた許嫁《いいなずけ》がいた。許嫁は、やはり日本橋で一、二を競う大店の娘でしてね。親としては一人息子を、どこの馬の骨とも分からぬ下駄職人ごときの娘と結婚させるわけにはいかんと」

「ふむ。なるほど」

文史郎は大旦那に反発を覚え、下駄職人の娘に同情した。

「それで、大旦那は大金を遣って、若旦那から娘を強引に引き離した。そのついでに、大旦那は娘に手を出し、囲い者にしてしまった、というわけでして」

「ひどい父親だな。息子の惚れた娘を横取りしたというわけだな」

「そうでもしないと、娘は若旦那と別れそうになかったらしいのですな。若旦那も娘に手をつけ、その気にさせてしまっていたらしい。それで、大旦那が乗り出して、娘を説得して別れさせようとしたが、あまりにいい女だったので、ついつい自分も手を出してしまった。世間には、よくある話ですよ」

「そうかのう」

文史郎は首を傾げた。左衛門がいった。

「それでは、奥さんだけでなく、息子の若旦那にも知られたくない、というわけですな」

「そうなのです。だから、すべて内密にことを収めたい、と申されているのです」

文史郎は権兵衛に向き直った。

「だとすると、ただ、そのお妾さんを暴漢から守ればいいという話では済まないのではないか？」

「おっしゃる通りです。大旦那としては、文史郎様たちが、その暴漢たちを取り押さえ、二度と再びお妾さんを襲うようなことがないようにしてほしいと。彼らの背後に誰がいるのかが分かれば、その相手と交渉していただき、ともかくことを内密に収めてほしいそうです。収めていただければ、お礼をはずみたいと」

「いくら、出すというのですかのう？」

左衛門がずばり訊いた。権兵衛はにやっと笑った。

「百両出すと、大旦那は申してました」

「百両か。いい値段だな」大門が舌舐めずりをした。

「私は即座に、お断りしました」

「なんだって！　断っただと？」

大門が啞然とした。

「困っている人の足元を見るようで嫌ですが、大旦那に少々お灸《きゅう》を据えるためには、もっと高くてもいいと思うのです」

文史郎はうなずいた。

「うむ。拙者もそう思う。あまり気がすすまぬ揉め事だ」

「それで、いくらならと」左衛門が訊いた。

「五百両です。もちろん経費は別ですが」

文史郎はおもしろがった。

「ほほう、えらく大金をふっかけたものだな。それで答は？」

「ほかに頼むと、おっしゃっていましたが」

大門は惜しそうに、ぼやいた。

「そうだろうな。いくらなんでも五百両は高すぎようぞ。もっと安くても良かったのにな。権兵衛殿は惜しいことをするのう」

「ほかに頼むといっても、相談人は、そうはいません。私が知っている嵯峨《さが》屋さんのところにいる相談人は、ほかにも揉め事をいくつか抱えていて大忙し。しかも、もっといい条件の仕事ばかりですから、そちらへ持っていっても断られるでしょう。きっと、またこちらへ依頼して来ることでしょう」

「それでいい。いくら五百両を積むといっても、あまり気が進まない仕事だからな」

文史郎は茶の残りを啜った。

店の方から、番頭が小走りに廊下をやって来た。

「ほうれ。噂をすれば影ということになりましょう」

番頭は部屋の隅に座り、権兵衛に膝でにじり寄った。

「旦那様、たったいま相模屋《さがみや》さんから、お使いが来ました。これをとのことです」

と囁き一通の封書を渡した。権兵衛はうなずき、封書を受け取った。

「ご苦労さん」

「へえ。では」

番頭は後退りし、店先に引き返した。

権兵衛は封書を開いた。手紙に目を通すと、満面に笑みを浮かべていった。

「五百両を出すといっていますが、いかがいたしますか？」

大門が身を乗り出した。

「権兵衛殿が二割の百両を取るとして、残り四百両を三人でいただけるということですな。文史郎殿が二百両として、それがしと左衛門殿がそれぞれ百両ずつ。いい話ではないか。文史郎殿、引き受けましょう」

「うむ。爺は、どうかのう？」

「お引き受けするのに賛成です。大旦那は、仕方のないお人だが、少なくても、お妾さんを助けることになる。人助けですからな」

「分かった。大門殿も爺も賛成ならば、拙者に異存はない。権兵衛、その仕事引き受けようぞ」

「ありがとうございます。早速、相模屋さんへ、その旨《むね》、申し伝えましょう。あ、名前を言ってしまいましたな。揉め事の相談は相模屋の大旦那です」

権兵衛はにこにこした笑顔になった。

「では、のちほど、当人に直接お話を伺うことにいたしましょう。番頭さん、番頭さん」

権兵衛は席を立ち、店先に足早に去った。

文史郎は左衛門に顔を向けた。

「相模屋のう？　爺、知っておるか？」

「はい。江戸の廻船問屋で、たいそう繁昌している大店です。たしか、生糸を扱い、長崎の出島を通して異国まで売りに出しているということです」

「相手は大金持ち、五百両でも少ないくらいだ。もっと吹っかけておけば良かったかもなあ」

大門は鼻息を荒くした。左衛門は大門を諫めるようにいった。

「金持ちほど、お金にはケチで、うるさいものです。出るものは、鼻血でも出さないといわれますからね。五百両を出すというのは、よほど困っているからでしょう。あるいは、そうまでしてでも、お妾さんを守りたい。お妾さんに惚れているという証《あかし》でもありましょう」

文史郎は腕組みをして、考え込んだ。

女遊びに慣れた大旦那が惚れ込んだ娘とは、いったい、どんな美女なのか、少しだけ興味が湧いてきた。

四

深川は庶民の街だった。

行商人の物を商《あきな》う声が聞こえ、路地を駆け回る子供たちの歓声が響いている。

文史郎は障子戸越しに、外の気配を感じながら、相模屋清兵衛《せいべえ》の話を聞いていた。

左衛門が訊いた。

「本当に、心当たりはないと申されるか？」

「ありませぬ。私は少しも他人様《ひとさま》に恨まれることはしていない、と思うとりますが」

相模屋は腕組みをしたままいった。

左衛門はやや呆れた顔をしたが、文史郎は何もいわずに聞き流した。

大門は部屋の隅で大刀を抱くようにして胡座をかきながら、じろじろと無遠慮にお信《のぶ》を眺めていた。

「のう、お信、おまえに何か心当たりはあるかな？　私に遠慮せずにいいなさい」

相模屋は猫撫で声で傍らに正座した娘に尋ねた。

「……ありませぬ」

お信は俯《うつむ》いたまま、小さな声でいった。

小太りの相模屋清兵衛は、狸を思わせる愛嬌のある赤ら顔で、肌が脂ぎって、てらてらしている。目は細く、目蓋が眠そうに垂れ下がっているが、その奥に見える目は鈍く光っており、射るように鋭かった。いかにも商売の遣り手を思わせる風貌だった。

それに対して、並んで座ったお信は小柄な体付きで、いかにも初々《ういうい》しい可愛らしい町娘だった。富士額で髪をきちんと島田に結っている。顔は瓜実顔で、目鼻だちは整っており、うなじには、大人の女の艶《つや》があった。

普段着の小袖でも、美しいので、振袖姿になったら、人の目をひくような美少女になるだろう、と文史郎は思った。十六歳ということだが、胸のふくらみや腰の曲線には、まだ十三、四歳のあどけなさが残っていた。

まるで親子、いや下手《へた》をすると祖父と孫のように見える。

こんないたいけなおぼこ娘を、この狸野郎が手込めにしたのか、と思うと、文史郎は内心、腹立たしかった。

左衛門がお信に訊いた。

「襲って来た男たちの顔は覚えているかな?」

「いいえ」

「しかし、お信さんに摑みかかったのだろう?　その男の顔は見ているのではないか?」

「夕方で暗かったし……恐かったので見ることができなかったんです」

「下女のお留《とめ》は、三、四人の男だといっておりましたが」

相模屋は台所に声をかけた。

「お留、おまえも、こちらへ来て、みなさんにお話しなさい」

「はい、旦那様」

　やや年増の女が部屋にずずっと膝を進め、お信の後ろに座った。

　お留は近郊の農家から下女として雇った女で、年のころは二十歳過ぎということだった。

「二度目は、この家で襲われたのですな？　何時《いつ》ごろ、男衆はどこから押し入ったのですかな？」

　お留がお信に代わって答えた。

「裏庭から雨戸を外して入って来ました。そんで、私がお信さんを二階に上げて隠れるようにいってから、玄関から飛び出し、大声で助けを呼びながら、番屋へ走って知らせたのです」

「その男たちの顔は、覚えているかね？」

「いえ」お信は頭を振った。

「行灯《あんどん》の火を消したので、真っ暗闇になり、男たちはお信さんを捜しようがなくて、引き上げた様子でした。私が番屋の役人たちを連れて戻ったときには、男たちは逃げたあとでした」

「そのときの男衆は何人だったのか？」

「やはり、三、四人だったと思います。ねえ、お信さん」

「ええ」

お信は消え入りそうな声で答えた。

文史郎はお信に尋ねた。

「男たちは、何かいわなかったかい？」

「え？　どういうことですか？」

お信が顔を上げ、文史郎に目を向けた。その目に動揺が走ったのを文史郎は見逃さなかった。

「お信さんの名を呼ぶとか、金を出せとか、おとなしくしろ、とか、何かいったと思うのだが」

「何かいわれたような気がしますけど、覚えていません」

「一度目に襲った男たちと、二度目に自宅に押し入った男たちは同じ連中だったかい？」

「…………」お信は何もいわなかった。代わりにお留がいった。

「はっきりとは分かりませんが、同じ男の人たちだと思いました」

「なぜ、そう思った？」

「暗くても、前に襲って来た人たちと体付きが似てましたし、声も似ていた。着流しで尻をはしょっていましたし、きっとやくざだと思いましたから」

「やくざねえ」

相模屋は浮かぬ顔をした。

玄関先から男の声がした。大門が跳ね起き、大刀を掴んだ。

「旦那様、佐吉《さきち》です」

「番頭です。私を呼びに来たのでしょう」

相模屋は玄関先に声を返した。

「番頭さん、いま行きます」

端正な顔付きの若い男が玄関先から顔を出していた。

相模屋は文史郎に向き直った。

「では、文史郎様、みなさま、よろしう頼みます。高いお金を御払いするのですから、しっかり頼みますよ。では、失礼」

「一つ訊きたいことがあるのだが」

文史郎がいった。腰を上げかけた相模屋が座った。

「何でしょう?」

「息子の若旦那が男衆に襲わせたということはないのかね？」

「まさか、仙蔵《せんぞう》がそんなことを……しないと思いますが」

「どうして？　分からんぞ」

「仙蔵には、まだ気づかれていない、と思うのですがねえ。気づいたら、きっと腹を立てて、私にいって来ると思うのですが」

「ふーん」

文史郎はうなずいた。

「では、いいですかな。これで、私は失礼しますが」

相模屋は一礼して立ち上がった。

左衛門が玄関まで出て、相模屋を見送った。

「どうぞ、安心して、お任せください」

「先生方、何分、よろしくお願いいたします」

相模屋清兵衛に代わり、番頭の佐吉が頭をぺこぺこと下げた。

相模屋の姿が消えてから、文史郎はおもむろにお信に向き直った。

「さあ、旦那がいなくなったから、安心して正直に答えてくれ」

「…………」お信はちらりと文史郎を見たが、また俯いてしまった。

「お信さんは、相模屋の若旦那と惚れ合った仲だと聞いたが、ほんとうかい？」

「…………」お信は返事をしなかった。

「お信さん、それ、ほんとうなの？」

お留がお信に確かめるように訊いた。

お信は頑《かたく》なに答えなかった。両手を膝の上に置き、しっかりと握り拳を作っていた。

文史郎は話の矛先《ほこさき》を変えた。

「お父さんは深川で下駄職人をしていると聞いたが」

「……はい」

お信がようやく答えた。

「お父さんは、ここへ会いに来ないのかね」

「……お父っつぁんは、半年前から病で伏せているんです」

「お父さんは病気だったのか。じゃあ、お母さんは？」

「お父っつぁんが働けなくなったので、以前に働いていた小料理屋へ戻り、仲居として働いています。だから、ここへは来られないんです」

「兄弟姉妹はいるのかい？」

「弟の重吉《じゆうきち》がおります。重吉が家で寝たきりのお父っつぁんの世話をしているんです」

「重吉はいくつだ?」

「十一です」

「そうか。感心だなあ。ところで、お信さんは、どうして、相模屋の妾になる決心をしたのだい?」

「お父っつぁんの病の薬があまり高過ぎて、おっ母さんの働きだけではとうてい払えなかったので、私は大旦那様のお世話になろうと決心したのです……」

「若旦那の仙蔵さんは、お信さんが大旦那の囲われ者になったのをほんとうに知らないのかい?」

「……」お信はまた沈黙に戻った。

脇から左衛門が話しかけた。

「お信さん、お侍さんたちに、正直に、何でも話したほうがいいよ。文史郎様は、悪いようにはしないから」

文史郎はお信の膝の上の拳がぶるぶると震えているのに気がついた。

何か訳がありそうだな、と文史郎は思った。この場で追及しなくても、いつか話してくれる。ここでは無理をして追いつめない方がよさそうだ。

「分かった。お信、いまいいたくなければいわなくていい」

文史郎はお信から目を外《はず》した。

「お留、お茶を淹れてくれぬかの」

「はい、ただいま」

お留はそそくさと台所へ立った。

文史郎も立って、廊下に出、狭い庭に目をやった。松が枝を張っていた。

黒い板塀に囲まれた瀟洒《しょうしゃ》な二階建ての一軒屋だった。下の階は六畳間と四畳半の二間、庭に面した縁側と厠、三畳間ほどの板の間の台所、さらに玄関の土間、上がり框の二畳ほどの板の間と廊下がある。細くて急な階段を上れば、二階には六畳一間があった。

相模屋の話では、昔、深川の芸者が下女と住んでいた家だとのことだった。

武家屋敷と比べても決して小さな家ではないが、裏店の長屋住まいが普通の町人からすれば、庭までついた贅沢過ぎる一軒屋だ。

襲って来た連中は、板塀を乗り越え、庭に面した雨戸を外して押し込んだらしい。

板塀や松の木の根元の土に、男たちの足跡がいくつも残っていた。

次に襲って来るときも、板塀を乗り越えて来るだろう。ほかに侵入路はなさそうだった。

三味線の音と男女の唄う声が風に乗って流れて来る。女の艶のある唄声を、男の下手な声があとを追う。

お留が盆に載せて、お茶を運んで来た。

文史郎はお茶を啜り、思案した。

もし、自分が襲った男衆だったら、この家の様子を、どこからか見張っているだろう。自分たち武家の姿を見て、襲うのをあきらめたらいいが、そうでなければ、こちらの隙を突いてくるに違いない。

文史郎は立ち上がり、刀を腰に差した。

「左衛門、ここは大門氏に頼んで、我々は、ちと、この家の周りの様子を見て回ろう」

「はい、ただいま」

左衛門は慌てて、茶を飲み干した。

文史郎は見張りを大門に頼んで玄関から外へ出た。左衛門が急いであとについて来た。

五

家の周囲は小料理屋や出会い茶屋、芸者の置き屋、船宿などが並んでいた。

表通りには一丁ほど離れたところに自身番屋が見えた。先の押し込み事件のときに、お留が駆け込んだ番屋だ。

その後、番屋の番人たちは挙動不審な者たちがいたら、すぐに駆けつけてくれることになっている。

文史郎は初夏の陽を浴びた通りの町並みを眺めた。人通りはまばらだった。昼日中とあって、小料理屋や出会い茶屋の客もあまりいない。辻を回る飴売りや風鈴売りの行商人の姿が目立つくらいだった。

路地を辿り家の裏手に回ると、大川に通じる掘割があった。掘割には小さな船着き場がある。暴漢たちは、おそらく、この掘割を使うだろう、と文史郎は見当をつけた。

掘割を舟で伝って行けば両国橋の近くに出る。いましも掘割の水路を舟が数人の武家を乗せて、通り過ぎて行った。船頭が櫓を漕ぎながら、ふと顔を上げた。

船頭は文史郎と目が合うと、何気なく会釈をした。文史郎も会釈を返した。

文史郎は玉吉を思い出した。

「爺、玉吉を呼び出すことができるか?」

「もちろんです。舟をご利用になりますか?」

「うむ。その必要が出るやもしれぬ。それに玉吉にちと頼みがあるが」

「分かりました。爺がこれから、彼らの溜まり場へ行って参ります」

「うむ」

文史郎はうなずいた。

左衛門は踵《きびす》を返し、老人とは思えぬ足の速さで表通りの方に歩き去った。

文史郎は左衛門を見送り、家の裏手の小路に折れたとき、小路の先にいた若い男が一瞬文史郎を見て、慌てて踵を返して、駆け去るのが見えた。

何奴!

文史郎は腰の大刀を抑えながら、男を追って駆け出した。

男の姿が消えた付近に来ると、そこは十字路になっていた。左右どちらの小路にも、男の姿はなかった。左へ行けば表通り、右手に折れれば寺が多い町に抜ける。

文史郎は表通りに向かう小路を駆け出した。

表通りに飛び出し、左右を見たが、どちらにも通行人や子供の遊ぶ姿はあったが、逃げた男の姿はなかった。

足の早い奴め。

文史郎は呼吸を整え、お信の家へ歩き出した。

男は明らかに文史郎を見て逃げた。お信の家に文史郎たちが詰めているのを知っているからだろう。

男の風体を思い浮かべた。遠目で一瞬だけしか顔は見えなかったが、町人髷を粋に斜に曲げている。細面の目に険《けん》のあるやくざな男だった。年のころは、二十歳過ぎ。もう一度会っても、あの男なら見分けられる。着流しにした浴衣の裾を尻っぱしょりにしていた。

路地に入ると、お信の家の玄関先に仁王立ちした大門の姿があった。手に心張り棒が握られている。

大門は文史郎を見ると、ほっと安堵の顔になった。

「いかがいたした？」

「妙な男が家の中を窺っている気配があってな。出てみたのだ」

「どんな男だった？」

「痩せた体付きの優男《やさおとこ》だ。半纏《はんてん》をまとっていたから、そのあたりの材木屋で働く人夫か大工かもしれん。それがしが声をかけて、家から出て行こうとしたら、気配を察して逃げたらしい」

「どちらの方角へ?」

「表通りだと思う。小路の途中で見かけなかったかの?」

「いや。もし、すれ違っていたとしても、気づかなかった」

「そいつのあとを追おうと思ったが、家をあけるわけにも行かず、踏みとどまった」

「それでいい。裏手に別の怪しい男がいた。おぬしがそいつを追って行ったら、別の男たちが家を襲っていたかもしれん」

「それがしも同じことを考えた」

大門はあたりを威嚇するように、一渡り見回して睥睨《へいげい》し、家に戻った。

家の中では、お信とお留が心配そうな顔で座っていた。文史郎の姿を見ると、二人はほっとした顔になった。

大門が黒髭を撫でながらいった。

「大丈夫だ。わしらがいる限り、やつらに足を踏み入れさせせぬ」

お信はちらりと文史郎を見上げた。その目には、怯えとは違う光が見えた。

文史郎はふと違和感を覚えた。

お信は怯えていない。そうではなく、何かを予感している、いや何かが起こることを期待している目だった。

「そろそろ、夕飯の支度をせねば」

お留が台所に立った。

「私も手伝います」

「いいんですよ。お信さんは、そこにじっとしていてください。これは私の仕事なんですから。それに今晩から、三人分も余計にご飯を炊かなければいけないし」

お留は手拭いを姉さん被りし、台所に入って行った。やがてお米をとぐ音が聞こえた。

文史郎は大刀を腰から抜き、畳に胡座をかいて座った。

大門も小さな床の間に大刀を立てかけて、胡座をかく。

「左衛門殿は、どちらへ？」

「…………」

文史郎が返事をしかけたとき、玄関先で、子供の声がした。

「お姉ちゃん！」

お信の軀がぴくんと動いた。

「重吉？」

文史郎はお信が立つのと同時に玄関先に出た。

開け放った玄関先に、みすぼらしい着物姿の男の子が立っていた。

「重吉、どうしたの？」

お信が男の子に駆け寄った。

「お父が、お父が……」

男の子は泣きじゃくった。

文史郎はさっと外へ飛び出した。大門が続いた。

外の小路には、誰の姿もなかった。

「大丈夫だ。誰もいない」

「うむ」

玄関の上がり框では、お信が男の子に何事かを話していた。

男の子は何日も風呂に入っていないらしく、手足や顔が真っ黒に汚れていた。着物もあちらこちらが継ぎ接ぎで、近づくとぷんと酸っぱい汗と汚れの臭いがした。

「どうした？」

「お父っつぁんの具合が悪いって」

お信は目にいっぱい涙を溜めていた。文史郎はうなずいた。

「すぐにでも行ってやればいい。拙者たちもいっしょに参ろう」

「ありがとうございます。もう大丈夫、重吉、泣かないで」

お信は男の子の背中を撫でていた。

六

お信の両親が住んでいる裏店は、同じ深川の永代橋近くにあった。

子供の足でも、ここから裏店まで、十分に歩ける距離だということだったが、女の足で急ぐにはかなり距離がありそうだった。

文史郎たちには深川の道は不案内だ。舟で行く方が安全に思えた。舟なら途中で待ち伏せを食わなくても済む。

ちょうど左衛門が玉吉の舟で戻って来たこともあったので、早速、舟で出かけることになった。

玉吉は深川の水路にも詳しく、お信の話を聞くと、何もいわずに舟を漕ぎ出した。

掘割から、いったん大川に出て、川を遡《さかのぼ》り、永代橋の近くで右手の水路に入った。

それから、お信の指示もあって、玉吉は掘割から掘割へと、巧みに舟を操り、賑やかな岡場所近くの船着き場に止めた。

上陸した文史郎たちは、お信と重吉の案内で、小さな店が建ち並んだ通りに出た。

太陽はだいぶ西に傾いていたが、まだ夕暮れになるには間があったので、町は買物客や漫《そぞ》ろ歩きの通行人で賑わっていた。

通りには簪《かんざし》売りや下駄屋や乾物屋など小売店がひしめきあっていた。

お信と重吉は一軒の太物屋の脇の路地に文史郎たちを案内した。路地の木戸を潜ると、煤《すす》と埃まみれの古びた裏店がひっそりと並んでいた。

桶作りや簪作りの職人、鳶や大工の職人たちが肩寄せあって住んでいる裏店だった。

裏店のかみさんたちは、重吉に連れられたお信を見ると、たちまち集まって来て、取り囲み、あれこれと慰めや励ましの言葉を言い出した。

裏店の中ほどに、お信の両親が住む長屋があった。お信と重吉は油障子を引き開けて部屋に走り込んだ。

長屋の住人たちは、文史郎たちがいっしょについて来たことに驚き、遠巻きにして、様子を窺っていた。

部屋の中では、町医者らしい総髪の老人が煎餅《せんべい》蒲団の脇に座っていた。

お信は煎餅蒲団に寝た父親に抱きついて激しく泣き出した。お信の後ろで、重吉が盛んに鼻を啜り上げていた。

枕元にお信の母親らしい女がやつれた顔でしょんぼりと力なく座り込んでいた。

町医者は、お信に慰めの言葉をいいながら、病人の痩せ細った軀に掻巻を掛けた。

文史郎はお信や母親にかける言葉もなく、家の外に立って眺めていた。大門も大柄な軀を小さくして、声もなく佇んでいる。

左衛門も、いっしょについてきた玉吉も、お信の泣きじゃくる声に頭《こうべ》を垂れて、神妙にしていた。

文史郎は、ふと誰かの鋭い視線が首筋にあたるのを感じた。じっとしていると痛いほど、刺すような視線だった。

文史郎は用心し、ゆっくりと振り向いた。すぐさま視線があたるのが消えた。

路地を埋めた大勢の人だかりから、確かに視線が文史郎に向けられていた。長屋のおかみや亭主たちが、顔を寄せ合い、ひそひそと話し合っている。

その人垣に隠れるようにして、若い男がちらちらと、こちらを窺っていた。

さっき妾宅の裏手の路地にいた男だった。粋に斜に曲げた町人髷といい、険を含んだ目といい、一瞬しか見なかったが、はっきりと目の奥に焼き付いている。

当の男は文史郎が一瞥《いちべつ》しただけで覚えていたとは思わなかったらしく、素知らぬ顔で人と人の頭の間からこちらを覗いていた。

文史郎は目を泳がせ、その男から視線を外した。だが、目の端に、しっかりとその男の動きを捉えて監視していた。

やがて陽が落ち、裏店に夕闇がひたひたと押し寄せてきた。そのころには、路地に屯《たむろ》していた長屋の住人たちは一人減り、二人減りし、それぞれの家に戻って行った。

人垣がなくなり、若い男は隠れようがなくなると、踵を返して路地から出て行こうとした。文史郎は素早く玉吉に耳打ちした。

「あの若衆のあとをつけろ。やつの正体をつきとめるんだ」

「へえ」

玉吉はすぐに若い男のあとを追うように裏店の路地を出て行った。

左衛門が文史郎に訊いた。

「どうしたんです?」

「怪しい奴を一人見つけた。そいつの正体さえ分かれば、襲ってきた連中が誰の指図で動いているのかが分かる」

文史郎は顎をしゃくった。

七

長屋での葬儀が終わり、お信が妾宅に戻ったのは、初七日を済ませてのことだった。

お信はすっかりやつれた姿になっていた。

文史郎は慰めようもなく、黙って見守るしかなかった。

相模屋清兵衛は、お信が帰ったと聞いて、すぐに顔を出したが、お信のあまりに痛々しくやつれた姿に、泊まっていく気も失《う》せたらしく、引き揚げて行った。

様子を見に来た権兵衛の話では、最近、また新しいお妾さんを向島《むこうじま》に囲ったらしい、とのことだった。

「けしからん。相模屋はまったく懲《こ》りもせず、金にあかせて、次から次へと女を囲っていく。わしらのように独り身をかこっている者にとって、まったくとんでもなくけしからぬ話だ。いずれ、天誅《てんちゅう》が下るだろうよ」

大門は憤慨し、吐き捨てるようにいった。

「お信さんも、病気の父親が亡くなったのだから、もう相模屋なんぞの世話にならずともいいではないか。夜逃げでもなんでもして、逃げ出せばいい」

「まあ、大門氏、そう怒りたもうな。相模屋は、我々にとっても金蔓《かねづる》だからのう。お信さんの身辺をお守りできてなんぼの話なのだから」

左衛門はにやにや笑いながら、大門を慰めた。大門は怒りが収まらず、文史郎にくってかかった。

「どう思うかね。文史郎殿。お信さんに因果を含めて、逃げ出すように、我らで説得したらいかがか、と思うのだが」

「大門氏、おぬし、お信に惚れたな」

文史郎はずばり大門の気持ちを察知していった。

「そ、そんなことはない。まあ、同情はしておるが」

「同情は惚れたからのこと。おぬしが、お信を連れて出奔すればいいではないか。拙者も、爺も引き留めはせぬぞ」

文史郎は左衛門と顔を見合わせて笑った。

「……文史郎殿も左衛門殿も人が悪い。それがしは、そこまでは考えておらん」

大門は真赤になって抗弁し、ほうほうの体《てい》で逃げ出した。

「文史郎様」

玄関先から玉吉の声が聞こえた。

「玉吉が戻ったらしいですぞ」

左衛門がすぐさま腰を上げ、玄関に出た。

「おう、ご苦労さん、上がってくれ」

「御免なすって」

玉吉は腰を低め、座敷に上がった。玉吉は文史郎の前に正座した。

「ご苦労だった。で、例の男の正体を摑んだかい？」

「へえ。ところで、お信さんは？」

「上でお留といっしょに繕《つくろ》いものをしておる」

「そうでしたか。ちょっと聞かれるとまずいので」

「大丈夫だ。爺、お信たちが降りて来るようだったら、合図してくれ」

左衛門はうなずき、階段の下に座り込んだ。

耳を澄ますと、お留がお信に何事かいっている声が聞こえる。

「大丈夫です」

「うむ。で、玉吉、あの男、何者だったのだ？」

「あの若造は、鳶職の八平《はちへい》といって、お信さんと同じ裏店に育った幼なじみです」

「幼なじみだと？」

「それも、奴のダチの話では、お信さんとは相思相愛、子供のころから将来夫婦になろうと誓い合った仲だったそうなんです」

「ふーむ」

「だが、八は、子供のころからやんちゃばかりしていて、仲間といっしょになって、やれ喧嘩だ、女郎買いだ、博打《ばくち》だとうつつをぬかしていたもので、すっかりお信さんの親父から嫌われていたらしい。あんな野郎と将来夫婦になったら、お信の幸せはずたずたにされてしまうってね。それで、あるとき、八が親父さんに、お信さんを貰いたい、と申し込みに行ったら、けんもほろろに追い返された。俺の目の黒いうちは、決しておめえなんかに、大事なお信をやれるもんかってね」

「なるほど。それで八平はどうした？」

「そう簡単にあきらめる野郎ではないんです。一人前の鳶職人になって戻るから、それまで待ってくれとお信にいって、家出をしちまった。で、いまでは向島で、鳶職人の名を売り、ついでに火事場に一番に駆けつけて纏《まとい》を振るう火消しになった」

「ほう。なるほど」

「で、八は意気揚々と帰って来たが、中気で倒れた親父さんは、頑固者だもんで、八を容易には一人前の鳶で火消しだと信用しなかった。そのうち、生活に困ったお信さんが妾奉公を決心したので、八は頭に血が上った。お信さんを殺して、自分も死ぬと言い出したそうなんです」

「それで、八平は仲間といっしょにお信を付け狙ったというわけか」

玉吉は浮かぬ顔をした。

「そうなんですがねえ。それが、やつのダチの話だと、最近、八は妙なことを言い出したらしいんで」

「妙なことっていうのは？」

「話の順序があるんでやす。まず、はじめは相模屋の若旦那の仙蔵とかいうのが、水茶屋で働いていたお信を見染めて、言い寄ったという話なんです」

「うむ。その話は知っている」

「仙蔵は許嫁がいるというのに、毎日のように水茶屋のお信のところに通い、結婚しようと言い寄った。で、相模屋の大旦那に内緒で、許嫁との婚約を破棄して、お信と祝言をあげると言い出した。これには、お信の親父も感激してね。どうぞ、お信を相模屋の若旦那に貰ってほしい、と承知したらしい」

「それは初耳だな。お信も承知したのかな？」

「そうじゃないらしいんです。お信は親父さんやおっ母さんに楽をして貰いたい親孝行で、仕方なく仙蔵との祝言をあげることを承知したんです」

「なるほど」

「それを聞いた大旦那が烈火のごとく怒り出し、仙蔵を勘当すると言い出した。仙蔵は相模屋を勘当されては困るから、大旦那にお信のことはあきらめるといった。ところが、仙蔵はあきらめ切れずに、内緒でお信のところへ通っていた。それで、大旦那は許嫁の先方の手前、仙蔵にはっきりとお信との縁を切らせようと、お信を自分の囲い者として横取りしてしまったというわけです」

「うむ。それで八平が妙なことをいっているというのは、どんなことなのだ？」

「大旦那は、そのとき、お内儀さんに別のお妾さんのことがばれたばかりで、その別のお妾さん二人を、安い手切れ金で放り出したというんですね。それで、怒ったお妾さんたちは、腹いせに、やくざに頼んでお信さんをひっ攫い、人質にとって大旦那から身代金を巻き上げようとしているというんです」

「では、二度もお信が襲われたのは、元のお妾さんたちの差し金だったというのかい？」

「それだけではないんです。そのお妾さんたちの計画に若旦那が裏で一枚嚙んでいるというのです。若旦那はお信を奪われたことで、大旦那を恨んでいる。それで意趣返しをしようという魂胆なのだそうです」

「だいぶ複雑怪奇な話になったのう」

大門が脇から話に割って入った。

「なんだ、聞いていたのか」

「途中からだがな。しかし、おおよその筋は分かった」

「まだ話は続くんです。そこで八は、酔っ払って若旦那たちの思うようにはさせない、と息巻いていたというんです」

「ほう」

「お信は、俺の許嫁だ、と。だから、俺は死んでも、お信を他人様には渡さないと。そのことは、お信も心では承知のはずだって」

左衛門がこほんと咳をした。

いつの間にか、階段にお信の顔があった。

玉吉は首をすくめた。

「…………」

お信は何もいわずに階段を降り、台所へ入って行った。お留が階段を踏み鳴らしながら駆け降りて来た。

「さあさ、夕飯の支度をしなければねえ。忙しい忙しい」

文史郎は左衛門や大門と顔を見合わせた。

「いまの話、聞かれましたかね」

「分からない。聞かれても仕方ないだろう」

文史郎は呟くようにいった。

八

それから、数日後の夜中のことだった。

突然、表で「火事だ！」という叫び声が起こった。

文史郎は浅い眠りから覚め、掻巻を撥ね除けた。真暗だった。枕元の大刀と小刀を引っ摑んで起きた。

玄関先の障子戸がめらめらと炎に包まれた。

真赤に燃える松明《たいまつ》が次々に放り込まれた。

「大門！　爺！　どこにいる！」

文史郎は暗闇に怒鳴った。今夜は大門が不寝番だったはずだ。

「しまった。寝てしまった！」

大門の舌打ちが聞こえた。

行灯は油が切れたらしく消えていた。

「殿、庭に人の気配が」

左衛門の声が聞こえた。同時に、庭に面した雨戸が勢いよく引き開けられる音が響いた。

文史郎は大刀を腰に差し、鯉口を切った。

「爺、二階のお信たちを起こせ」

「承知」

左衛門が階段を駆け上がった。

「起きろ、火事だ」

「大門、庭に血路を開くぞ！」

「分かった」

庭から縁側に数人の黒い人影が飛び上がった。白刃が玄関先の炎に映えて光った。

人影は五人。

「おのれら、何者だ！」

二人が無言のまま、文史郎に斬りかかった。文史郎は白刃を掻い潜り、庭に飛び出した。

部屋の中で刀を振るうのは不利だ。

文史郎はたちまち、庭で待ち受けた二人と背後から追ってきた三人に前後左右を囲まれた。

続いて飛び出した大門は、大刀の代わりに長い心張り棒を振り回していた。

大門の方には、二人が斬りかかっている。

合計で七人。

玄関先の方にも何人かいる様子だった。

文史郎は大刀をすらりと抜いた。

周りを取り囲む五人の構えを見た。三人が脇差しで、二人は短刀を身構えていた。

いきなり、背後から一人が無言のまま脇差しの剣先で突きを入れてきた。

文史郎は大刀で脇差しを打ち落とし、刀の峰を相手の胴に叩き込んだ。

すかさず正面から一人の影が短刀を腰にあて、体当たりをかけて来る。

文史郎は体《たい》を躱《かわ》しながら、相手に足払いをかけた。相手はものの見事に足払いにかかり、地べたに転った。

息をつかせず、右手と左手の人影が同時に脇差しで斬りかかった。

文史郎は左手の影の脇差しを大刀の鎬《しのぎ》で受け流し、返す刀で右手からかかって来た影の腕を跳ね上げた。峰打ちだが、相手の腕の骨が折れる鈍い音が立った。

男たちは悲鳴も苦痛の呻き声も上げなかった。

いずれも喧嘩慣れした身のこなしの連中だった。

大門は心張り棒を振り回し、一人を叩きのめしていた。残る一人が必死に脇差しで斬りかかっていた。

火の手は母屋に次第に移っていた。

二階から降り立った左衛門に台所の木戸を破って入って来た数人が斬りかかっていた。

いっしょに降りたお信とお留たちは数人の人影に囲まれ、裏手に連れ去られそうになっていた。

しまった、と文史郎は一瞬焦った。

大門と文史郎はまんまと敵の誘いに乗って庭に出てしまった。それを敵は狙っていたのだ。裏手から侵入した数人が左衛門を襲い、その間に、別の人影がお信を攫おうとしていた。

敵の陽動作戦に、まんまとかかっていたのを悟った。

「さあ、早くお信を連れて行って」

お留の声が暗闇に響いた。

「なにい」文史郎は驚いた。

お留が裏切ったというのか？

「爺！　いま行くぞ」

文史郎は、母屋へ行かせまいと、立ち塞がった。

「殿、お信殿を！」

左衛門は三人に組み敷かれて、身動きできなくなっていた。

「おのれ、邪魔立てするか！　もう許さん」

文史郎は二人を峰打ちで叩きのめし、部屋に駆け登った。

左衛門に組みついていた人影が、慌てて飛び退いた。

大門も心張り棒をかざしながら、駆け込んだ。

三人の男たちは、わっと悲鳴を上げて、文史郎や大門の脇を擦り抜けて、庭へ飛び出した。そこに転がっていた仲間を助け起こし、板塀を乗り越えて逃げて行く。

「お信が攫われた。裏手だ！」

文史郎は叫び、台所へ駆け込んだ。

裏口の戸が破られていた。

暗がりで人が揉み合っている。

「早く、舟へ」

お留の影が叫んだ。

一団となった人影が壊した板塀の間から、外へ逃げ出そうとしていた。

「お留！　なぜ、裏切る！」

文史郎は怒鳴るようにいった。お留は返事の代わりに、短刀を振りかざして、文史郎に飛びかかった。

文史郎は大刀の柄頭をお留の鳩尾に突き入れた。

お留は声も上げずに、その場に蹲った。火の手は台所まで回っていた。炎があたりを明るく照らしていた。

その付近も火の粉が降りかかる。

「大門、お留を安全な場所へ運び出してくれ」

「うむ。承知した」

大門はお留の軀を抱き上げ、火の粉のかからないところへ運び出した。

文史郎は板塀の壊れた間から小路へ出た。あとから左衛門が続いた。

小路には人影がなかった。

「爺、右手だ。船着き場だ」

文史郎はそういい、右手に駆け出した。

「承知」

左衛門の声が背に聞こえた。

行く手には掘割の船着き場がある。

おそらく敵は、舟を用意しているに違いない。

どこかで火事を知らせる半鐘が打ち鳴らされていた。大勢が駆けつける気配があった。

小路を抜け、掘割に出た。船着き場で、人が揉《も》み合っていた。

お信の影が見えた。逃げようとするお信を誰かが抱え持とうとしていた。

「おのれ！　待て！」

文史郎は怒鳴り、刀をかざして、お信を抱える人影に躍りかかった。

「若旦那様！　早く逃げて」

聞き覚えのある声が耳朶《じだ》を打った。

番頭の佐吉の声だった。

佐吉の影が短刀を構え、文史郎に突きかかった。素早い動きだった。

文史郎は体を躱し、大刀を佐吉の腕に振り下ろした。骨が砕ける音が響いた。

佐吉は悲鳴を上げてしゃがみ込んだ。

「峰打ちだ。安心しろ」

文史郎は、お信の手を引っ張り無理遣り舟に乗せようとする人影に向かおうとした。

「待て、仙蔵」

文史郎よりも早く、船着き場の石段の上で揉み合っていた人影の中から、一人の影がお信の腕を摑んでいる男に飛びかかった。

「おのれ、仙蔵！　お信は俺の許嫁だ！　返せ」

男は怒鳴った。二つの影はもつれあったまま、暗い掘割の中に消えた。水音が響き、水しぶきが上がった。

「八平さん！」

お信が金切り声を上げ、水に飛び込もうとした。

文史郎はかろうじてお信の軀を抱き止めた。

「お信、待て」

「離して！　私もいっしょに死ぬ」

「死ぬな。八平は俺が助ける」

文史郎は大刀を鞘に納めた。

「爺、お信を頼む」

駆けつけた左衛門に、お信を預け、文史郎は袴や着物を脱ぎ、褌一丁になった。

船着き場から掘割の真暗な水に身を投げた。深い。足が立たなかった。

水中で揉み合っていた二人は静かになった。

一人が手足をばたつかせて、船着き場に戻って行く。

「だ、誰か、た、助けてくれ」

仙蔵だった。船着き場にいた人影が手を延ばし、励ました。

「若旦那、もう少しです。がんばって」

文史郎は抜き手を切り、水中に潜った。手探りで水の中を捜し、ぐったりした男の軀を掴んだ。

男の襟首を掴み、立ち泳ぎで船着き場に引き戻した。

「八平さん」

お信が必死に声をかけた。あとから着いた大門が、むんずと八平の襟首を掴み、船着き場に引き揚げた。

文史郎も大門の手を借り、陸に上がった。

八平の胸には短刀が深々と突き刺さっていた。八平は荒い息をしていた。かなりの出血をしている。

「へ、このくらいの傷は平気だぜ」

八平は虚勢を張った。声は弱々しい。

「八平さん、私を置いて行かないで」

「でえじょうぶだよ。俺は死なねえよ」

文史郎は掘割の暗がりに怒鳴った。

「玉吉！　いるか！」

「玉吉、出て来い、早く来い！」

左衛門も大声で呼んだ。

「へえ、ただいま」

掘割のどこからか、玉吉の声が返った。やがて猪牙舟が一艘、音もなく現れた。

「藩医の陣内さんのところへ運んでくれ。大至急だ」

「へえ。合点でさあ」

玉吉の声が返った。大門が八平を猪牙舟に運んで乗せた。

「私も連れて行ってください」

お信も舟に乗り込んだ。

お信はぐったりと横たわった八平の頭を抱えた。

玉吉は舟を漕ぎ出した。

「もう離さない、八平さん」

お信の声が暗がりからかすかに聞こえた。

「俺も……」

八平のかすれたような声が返った。

文史郎はふと雨滴が頰を濡らすのを感じた。

いつの間にか、掘割に霧のような時雨《しぐ》れが降りはじめていた。

暗い霧雨の中に二人を乗せた猪牙舟の黒い影は溶け込むように消えて行った。

第四話　辻斬り哀話

一

口入れ屋の権兵衛は、不機嫌そうに、ぱたぱたと扇子を扇《あお》いでいた。ぱちりと音を立てて扇子を閉じ、奥へ声をかけた。

「お清、お茶はまだか」

「はーい、ただいま」

「いつもの粗茶でいいぞ、粗茶で」

「はーい」

お清は明るい声で応えた。

文史郎は団扇《うちわ》で扇ぎ、天井を見上げていた。

大門は上がり框の隅に腰を下ろし、総髪の頭を掻いている。

左衛門はキセルを銜《くわ》え、むっつりと目を瞑っている。

「相模屋さんから、大目玉を食らいましたよ。まあまあ、初仕事だというのに派手にやってくれましたねえ」

権兵衛は忙しく扇子を動かし、ようやく口を開いた。

大門が懐から出した手で顎髭を撫で付けた。

「ところで、権兵衛殿、その例のものはいただけないのだろうかのう」

「大門様、何のお話ですか？」

「だから、そのう、五百両とはいわんから、約束の金子《きんす》だ」

「どの面《つら》下げて、相模屋さんに、そのような謝礼のことをいえますか？」

「まあ、それはそうだろうが」

大門はもぞもぞと手を懐に戻した。

「前金としてお渡しした金子を、みなさんから返していただきたいくらいですよ」

「もう遣ってしもうたしなあ。いまさら、そういわれても」

大門はちらちらと文史郎や左衛門に目を流した。

文史郎は腕組みをし、権兵衛の小言《こごと》に、耳を閉じ瞑想に耽った。

嵐が荒れ狂うときには、ひたすら頭を下げて、嵐が通り過ぎるのを待つしかない。

文史郎はあれで良かったのだ、と心の中で思った。

相模屋の大旦那は、二人のお妾さんには裏切られ、新しい妾にしたお信に逃げられた。さらに、お信のあとに見つけたもう一人の新しい妾も今回の騒ぎのおかげで、お内儀にばれてしまい、別れる羽目になった。

お信のために用意した一軒屋は放火されて全焼し、これまたお内儀に知られるところとなって、土地を手放すことになった。

大旦那が息子の仙蔵のためと、お信を引き離すところまではよかったが、そこから、大旦那が変な欲を出し、お信を囲い者にしようとしたのがいけなかったのだ。

若旦那の仙蔵も仙蔵だった。親同士が決めたとはいえ、決まった許嫁がおり、もうすぐ祝言をあげるというのに、水茶屋で女中として働くお信に一目惚れして毎日通い、結婚までしたくなった。それが叶わぬなら、自分の妾になってくれ、とまで言い出した。

親も親なら、息子も息子だ。

金でなんでも買えると思っている。金で人の心まで変えることができると思ったら大間違いだ。

それにしても、相模屋の大旦那清兵衛と若旦那仙蔵の争いは、大店を二分していたらしい。若旦那側には、お内儀が付いており、大旦那の遊びは何もかもお見通しだった。

大旦那がお信に付けた下女のお留にしても、清兵衛の腹心だった番頭の佐吉が、若旦那の意を受けて説得し寝返らせた。

清兵衛は腹心の番頭にも、先行きの見切りを付けられていたのだ。

いかな商売上手の大旦那でも、外に何人もの妾を囲い、女遊びにうつつを抜かせば、いつか商売に陰《かげ》りが出てくる。若旦那の仙蔵にも示しがつかないし、お内儀の不信を買い、若旦那や腹心の番頭たちにも裏切られるようになっては、相模屋の将来も危ういものだ。

あの騒動で、さすがの清兵衛も多少は反省したらしい。噂では、清兵衛はお内儀に頭を下げ、許しを乞うたということだった。

清兵衛はお内儀と若旦那の仙蔵から隠退を勧告され、大店の経営を仙蔵に譲るようにいわれたが、平謝りに謝って、隠居だけはしないで済んだらしい。

ただし、大店の事実上の経営権は若旦那仙蔵に譲渡し、相模屋は仙蔵の下、新しく出直すことになっている。

相談人として、依頼されたお信を暴漢から守ることと、暴漢たちが結局は若旦那や元妾たちの指図で動いていたのを突き止めたので、一応、役目は果たしたことは確かだったが、依頼された域を外れた結果になってしまったのも事実であった。

それにしても、あの娘お信のどこに、男たちを狂わせるような魅力があったのだろうか、と文史郎はいまさらながらに考える。

確かにお信は若くて可愛いし、美人といえば美人に属するだろう。しかし、色っぽさは皆無だし、いつも無口で、何を考えているのか分からない。

そのくせ、時折、はっとするような澄んだ目をし、強い意志を感じさせる光を目に孕《はら》む。

それでいて言い寄って来る男たちを拒むこともせず、お金を貰えば妾になるのも厭《いと》わない。まったく摑み所のない不思議な娘だった。

どこに魅力があるのか、はっきりとはいえないのだが、男が放って置けない何かを持っている。そんな娘だった。

あの無神経で無器用な大門も、密かにお信に恋心を抱いていた。

大門に「あの娘のどこがいいのだ？」と問うたことがあった。

大門は赤い顔をして、「惻隠《そくいん》の情を抱かせる娘だ」と白状した。

要するに、か弱そうな娘で、頼られると、ついつい守ってあげたくなる、そういう娘だというのだった。男っ気を起こさせ、男の父性本能をくすぐる女ということなのだろう。

だが、お信には意外に芯の強さがある。

八平が刺されて瀕死の重傷を負ったとき、「もう、離さない、八平さん」と、お信ははっきりと自分の意志をいった。そのときの、お信の声が、いまもはっきりと文史郎の耳に残っている。

あの娘は男たちが思う以上に、したたかで、しっかりしているのかもしれない。それが分からず、男たちは翻弄されていたのだろう。

(馬鹿でお人好しの男たち。余も例外ではないが……)

文史郎は失笑し、目を細めに開けた。

権兵衛の小言とぼやきはまだ続いていた。

胸を短刀で刺された八平は、玉吉の猪牙舟で、高須藩松平家の藩医陣内幸庵の施療院へ運び込まれ、大手術の結果、どうにか一命を取り留めた。いまごろは、お信の手厚い看護を受けて療養しているところだろう。高須藩松平家は文史郎が生まれ育った実家であり、陣内幸庵と文史郎は昵懇の間柄だった。

お信と八平は幼なじみの恋仲だった。紆余曲折《うよきょくせつ》はあったが、結局、赤い糸で結ばれる運命にあったのだろう。

つまりは、文史郎たちは、二人の結びの神を演じたようなものだ。きっと今後二人は、仲良く暮らして行くことになるだろう。

お信の母と弟の重吉が、先日、裏店にお礼の挨拶に来たが、八平が元気になった暁には、正式にお信と祝言をあげ、みんなでいっしょに暮らすことになる、といっていた。

何もかも万々歳ではないか。

いや、不幸な者もいる。相談人の我々だ。

文史郎はため息混じりに頭を振った。

「はい、特製の粗茶です」

お清がにやにや笑いながら文史郎や左衛門の前にお茶を入れた湯飲み茶碗を置いた。

可愛げのない娘だ。大のおとなをからかって喜んでいる。

「うむ」

文史郎は湯飲み茶碗を持ち、口に運んだ。

お茶を一口含み、渋い顔をした。

ほんとにまずい茶だった。馬の小便のほうが、まだましかもしれない。

「ほんと、困るんですよ。こんなことをされたら、清藤の評判にもかかわりますのでね」

「あい分かった。まこと、我々が悪かった。言い訳のしようもない」

文史郎は湯飲み茶碗を脇に置き、権兵衛に頭を下げた。

「まったく申し訳ない」

左衛門も大門もいっしょに頭を下げた。

「いまさら、みなさんに、そう頭を下げられてもねえ」

権兵衛は苦々しくいうが、小言とぼやきをいっているうちに、ようやく溜飲を下げた様子だった。

「今後、頼みますよ。こんなことがないように」

文史郎はひたすら頭を低くし、強風が頭上を過ぎるのを待った。風の勢いは、だいぶ弱まったようだった。

「はい。十分に反省しています」

「……しています。はい」

大門も文史郎に続いていった。

「まったく、もう……」

左衛門が締め括った。

権兵衛は勝ち誇ったようにいった。

「では、みなさん、当分の間、長屋で謹慎してください」

文史郎は、左衛門や大門と顔を見合わせ、仕方ない、と頭を振った。

二

文史郎たちは足取りも重く、ようやく裏店に戻った。

文史郎は長屋に入って部屋に上がると同時に思わずいった。

「爺、腹が減ったのう」

「ただいま、用意しましょう」

左衛門は台所へ入り、米櫃を調べた。

「何か、食い物はありませぬかの？」

大門も上がり框に崩れるように座り込んだ。

朝から三人とも食べていない。

権兵衛の使いが呼びに来たので、急いで出かけたためだ。

権兵衛から文句をいわれるだろう、ということは予想していたものの、朝早かったので、朝食ぐらいは出るものと思っていたのだ。

「あのくそまずい馬の小便を五杯も所望してしまったので、お腹を揺するとちゃぷちゃぷと音を立てますわい。それがしの宅に戻っても、何も食い物はないのです」

大門は腹を押さえて嘆《なげ》いた。

「殿、……」

「どうした？」

左衛門が米櫃の蓋を開けて、中を見せた。一握りほどの米しかなかった。

「一人分もありませぬ」

大門が真顔でいった。

「どうですかのう？ お粥にしたら」

「お粥のう」

「水をたっぷり入れて炊けば、一人分の米も三倍、四倍に膨らみましょう」

大門は意気込んでいった。左衛門が周りを見回した。

「しかし、おかずがないですぞ。沢庵も切れました」

「それがしのうちには、梅干しがある。それを持って来るので、お粥に入れて食べる。いかがですかな？」

文史郎はお粥など病気の折にしか食べたことがなかった。しかし、熱いお粥に梅干しを入れて食べたら、意外に旨いかもしれぬ。

「そうそう、思い出した」

左衛門は乾物入れの箱に手を入れて探った。

「塩昆布がまだあったはず」

お粥に塩昆布と梅干し。

考えただけでよだれが出てくる。

「うむ。いいね。旨そうだ」

「では、拙宅に梅干しを取りに」

大門は慌ただしく油障子を開けて、どたどたと急ぎ足で路地の奥へ走り去った。

「では、お粥を作りますか」

左衛門は釜に米櫃の米を空けた。最後の一粒まで、無駄にしないように釜に入れ、外へ出て行った。

入れ替わるように、ばたばたと足音を立てて大門が入って来た。用意がいいことに、箸とどんぶりを持っている。

小さな鉢に入れた梅干しを文史郎に見せた。

「これはそれがしの郷里の梅でのう。十年ほど、じっくりと寝かせたものだ。それを知人がわざわざ郷里から土産に持って来てくれた」

「ほう。そんな貴重なものを、いいのかね」

文史郎は鉢の中にある十数個の柔らかそうで真赤な梅干しを見、湧き出してくるよだれを飲み込んだ。

急に表が騒がしくなった。

「うちのぐうたら亭主が、人助けとは聞いて呆れるよ」

「てやんでえ。亭主のやることとなすこと難癖をつけやがって。隣の辰《たつ》のところの女房を見習えってんだ」

女と男の怒鳴り合う声が響いた。

男は威勢はいいが、女房の剣幕にたじたじとなっている。

「ほうほう。あれは、左官屋の万吉《まんきち》とおきみ夫婦ですなあ」

大門がのんびりした声でいった。

長屋名物の夫婦喧嘩だった。はじめこそ、何事かと、文史郎は路地に飛び出して、止めに入ろうとしたが、その場にいた長屋のかみさんたちに止められた。

夫婦喧嘩は犬も食わないよ。まして、殿様の出る幕ではない、と笑われた。

そのうちに派手な夫婦喧嘩は年中行事で、毎日の亭主殿の出掛けや帰宅に行なわれる一種の儀式のようなものだと分かった。

殿様商売でも、城中には、あってもなくてもいいような儀式がたくさんあるが、それに比べて、夫婦喧嘩の方が人間味があって、分かりやすい。

そのうち、夫婦和合の前戯のような戯れだと分かったら、仲裁に出るのも馬鹿らしくなった。

「しかし、珍しい。昼日中に万吉おきみの夫婦喧嘩というのは」

大門が腹を押さえていった。文史郎も首を傾げた。

確かに大門のいう通りだった。万吉おきみ夫婦の喧嘩といえば、夕方亭主が帰宅したときに勃発するのが通例だった。

それが、今日は昼時と来ている。

「まあまあ。そんなところで、揉めてないで、こちらに来なさい」

左衛門の声が聞こえた。やがて釜を抱えた左衛門が戻って来た。

「どうした？」

「いや、ちょいとした揉め事でしてね。おきみ殿が、ぜひ殿様に聞いてほしい、というんですよ」

表で怒鳴り合う声が響いた。

「おめえ、そんなことといったって、仕方ねえやな」

「だから、あんたみたいに頑固親父だから、健太《けんた》も出て行っちまったんだよ。甲斐性なしの、ぐうたらな上に、なんでも勝手にやっちまうんだからねえ」

万吉おきみ夫婦は、自分の家で喧嘩をやらずに、外にまで出て来ている。

文史郎は左衛門に訊いた。

「余に……いや、拙者に聞きたいというのか？」

「さようで。少々お待ちを、火をおこしてから、お話します」

左衛門は台所へ立ち、竈に釜をかけた。大門がたまりかねて、台所へ入った。

「左衛門殿、火おこしは、それがしがやろう。おぬしよりも、それがしの方が自炊生活は慣れておるのでのう」

「かたじけない」

「なんの、馳走になる以上、これくらいはやらねば申し訳ないものな」

大門は竈の口にしゃがみ込み、杉の枯れた葉などを竈に詰め込みはじめた。

左衛門は戸口に戻ると、油障子を開けた。

「さあさ、万吉、おきみ殿、中に入ってくれ」

どやどやっと小太りのおきみと、真っ黒に日焼けした万吉がもつれ合うように土間に雪崩《なだ》れ込んだ。

「はいはい、すみませんねえ。突然に、お願いに上がってしまって」

「あんたが悪いんだよ、あんたが」

おきみが甲高い声で万吉を非難する。

「まあまあ、二人とも、落ち着いて落ち着いて」

左衛門が二人を手で制止した。

戸口から大勢のおかみさんが顔を覗かせていた。

万吉とおきみに挟まれて、目だけぎょろつかせた男の子が、怯えた顔で文史郎を睨んでいた。五、六歳の男の子で、垢《あか》や土埃で汚れた着物は、あちらこちらに大きな継ぎ接ぎがあたっている。

「おや、その子は、どうしたのか？」

万吉とおきみ夫婦には、昔、子供がいたそうだが、何かあって子供は家出してしまい、いまは夫婦二人きりで暮らしていると聞いていた。

「殿様、聞いてくださいな。うちの馬鹿亭主が、一晩帰って来ないと思ったら、こんな子を拾って朝帰りしたんですよ」

おきみが小太りの軀を震わせていった。

「てやんでえ。亭主が朝帰りしようが、ちゃあんと給金を渡しているんだ。一晩仕事仲間と遊んでどこが悪い。それに文句をつける女房が悪いぜ」

「何をおいいだい。仕事仲間と遊び？　笑わせるんじゃないよ。どうせ深川かどっかの岡場所に女買いにしけこんだんでしょ。あたしという女房がいながら」

「男が岡場所へ通って何が悪い。俺みたいに稼ぎがよくて、女にもてる亭主を持って、女房は幸せもんだい」

怯えた男の子は、しきりに万吉とおきみを見上げたり、あたりをきょろきょろ落ち着かなく見回している。

「おいおい、万吉、おきみさん、喧嘩している場合じゃないだろう？　二人とも殿に訴えたいことがあるんだろうが」

左衛門がため息混じりにいった。

「そうそう。あんたが馬鹿をおいいだから、何しに来たのか忘れちまったじゃないかい。ねえ、殿様、このうすらとんかちの馬鹿亭主が、どこかで、この子を拾って来たんですよ。いまごろ、この子の親は、どんなに心配していることか。それなのに、うちの亭主は他人様《ひとさま》の子供を拐《かどわか》して来て。これはれっきとした犯罪じゃありませんか、ねえ」

「てやんでえ。犬っコロやニャンコロじゃねえんだ。拾ったり捨てたりなんかできるかい。こいつはれっきとした人間さまなんだぞ」

「だったら、どうなんだい？」

「勝手にこいつの方が俺に付いて来てしまったんだ。帰《けえ》れといったって帰らねえ。仕方ねえじゃねえかい」

「付いて来たと？　どこから？」

左衛門が訊いた。万吉は頭を振った。

「それが酔っ払っていて分からねえから厄介なんすよ。気がついたら、いっしょにいたんで」

「殿様、それがねえ、亭主が目を覚ましたところが、大川だったっていうから嫌になるでしょ。この宿六は、この子といっしょに薦《こも》を被って舟ん中に寝ていたってえんですよ」

文史郎は睨んでいる男の子を見ながら訊いた。

「坊主、おぬしの名前は何と申す？」

「それが、喋らないです」

おきみが代わりにいった。

「喋れない？」

「喋ることはできるらしいんですがね。いくら、おまえ、何という名なんだえ、と尋ねても、おどおどするばかりで何も答えないんです」

万吉が男の子の頭を撫でた。

男の子は頭を引っ込めた。

文史郎は上がり框に腰をかけ、男の子の目の高さに目を合わせて話しかけた。

「坊主、名は何と申す？」

「…………」

男の子はおきみの軀に隠れるように、ぴったりとくっついたまま答えなかった。

「恐がらなくてもいいぞ。おまえの父様《ととさま》の名は何と申すのか？」

「…………」

男の子は後退り、おきみの軀の陰に隠れようとした。

「坊や、大丈夫。恐がらなくてもいいんだよ。この殿様はほんとうに優しいおサムライさまなんだから」

男の子は軀をびくっと震わせ、おきみの尻の陰に隠れてしまった。

「やはり口が利けないのではないかのう？」

「ふつう、口が利けない場合、耳も聞こえないもんですぞ。この子は耳は聞こえるみたいですな」

左衛門が男の子の反応を見ながらいった。

「坊主、我々が話していることは分かるのだな？」

文史郎は訊いた。男の子は黙って文史郎を睨んだ。

「…………」

左衛門は思案気にいった。

「おそらく、何かのきっかけで、口が利けなくなったものと思われますな」

台所から青い煙が漂い出した。大門が背中を丸めて火吹き竹を吹き、ようやく薪に火が点いた様子だった。

文史郎は腹の虫が啼《な》くのを覚えた。

「で、万吉、おきみ殿、それで拙者に、どうしろというのだ？」

「そうそう。それをお願いしなければね。殿様、この宿六は、この子をすぐに番屋へ連れて行けっていうんですよ。ひどいじゃありませんか。自分で連れて来ておいて、町役人に預けようなんて」

「仕方ねえじゃねえか。うちで養うわけにもいかねえっていう以上、番屋へ届けて、役人に親を探してもらう手が一番いいと」

「これですからねえ。宿六は薄情というもんですよ。お上《かみ》なんてのは、もっと薄情ですからねえ。きっと、この子は千住かどこかの孤児院に送られるでしょ。ひょっとすると、江戸を離れた遠い田舎の孤児院に送られるかもしれない。殿様、役所の孤児院ってどんなところか知ってますかい？」

「いや。知らぬ。爺は？」

文史郎は左衛門を見た。左衛門も頭を左右に振った。

「知りませんな」

「そうれみやがれ、殿様だって知らねえんだ。おめえが知っているわけがあるめえ」

おきみは亭主の胸倉をつかんだ。

「殿様がそんな下々《しもじも》のことを知るわけがない、とあたしがいったんでしょ。それをあんたは殿様に聞けば教えてくれるといったんじゃないの」

「まあまあ。それでどうしたというのだ？」

文史郎は二人の言い合いに割って入った。

「噂ではねえ、孤児院は牢屋みたいな暗いじめじめしたところで、三度三度の飯もろくに食わしてくれないそうだよ。食事だって、稗粟《ひえあわ》混じりの飯か、湯で薄く延《のば》した糊のようなお粥に、梅干し一つ、塩昆布がちょっぴりついていれば上等なものだ」

「…………」

文史郎は左衛門と顔を見合わせた。

「いつも子供はひもじい思いをしていて、昼間は田圃や畑で、朝から晩まで鍬《くわ》、鋤《すき》を揮《ふる》って働かされる。働かなければ、夕食抜き、朝食抜きは当たり前、檻のような部屋から逃げようとして、捕まったら、竹の笞でびしびし尻を叩かれる」

男の子は思わずおきみにしがみついた。

「おいおい、餓鬼が恐がるじゃねえかい。見ろ、震えてやがる」

「そんな孤児院に、この子を連れて行けっていうのかい、この人非人《ひとでなし》のうすらとんかち」

「孤児院は、きっとそんなところじゃあねえ。確かに三食昼寝付きってえわけにはいくめえが、お上のやることだ。ちゃあんと飯を食わせてくれるだろうし、親も探してくれるはずだ。早く親の許に戻してやるのが、一番ということじゃねえのかい？　ねえ、殿様、このうすら馬鹿のアマに言い聞かせてやってくださいな。番屋へ連れて行ったらいいって」

「まあ、こんないたいけな子を、どこからか攫《さら》って来て、いけしゃあしゃあと。あとはお上に後始末つけさせようなんて、なんてひどい男なんだろうねえ。殿様、こいつを叱ってくださいよ。てめえが連れて来たんだろう！　ちゃんと連れて来たところへ、この子を戻して来いって。この子を孤児院なんてところへ送り込むなんて、あたしが許さないからね」

おきみは啖呵を切り、腕捲りをした。白いが太く逞しい二の腕が見えた。

「坊主、おまえのお家は、どこだい？」

「………」男の子はおきみの太股にしがみついたまま、黙っていた。

「迷子札は下げてなかったのかい？」

男の子は怯えた顔のまま、何もいわなかった。代わりに、万吉がいった。

「迷子札も下げてなかった。持っている物も何もなし、ないない尽くしのすってんてんなんでやす」

「親の手がかりはなしか」

文史郎は腕組みをした。左衛門も首を傾げた。

おきみはしゃがんで、男の子の薄汚れた着物を見せた。男の子はおきみの腕にしがみついた。

「何いってんのよ、馬鹿亭主が。この子が着ている着物《べべ》をようく見なさい。布地はぼろになっているけど、ちゃんと丁寧に、いろいろな布切れで継ぎ接ぎしてあるでしょうが。母親が夜なべして、この子の着物を一生懸命 繕《つくろ》っていた証拠。うちと同様に貧乏かもしれないけど、母親がどんなにこの子を可愛がって育てていたか、女のあたしなら、一目で分かる。だから、この子が居なくなって、どんなに母親が心配しているることか。そのくらい、あんたも子を持つ親なんだから、分からなければおかしいでしょ」

「……なるほど」

文史郎はおきみの観察眼に感心した。

内心、はじめは万吉同様、男の子を迷子として、番屋に届ければ、一件落着と思っていたのが、いまはおきみの言い分を聞いて、それでは、この子の母親が可哀想だと思うようになった。

もし、番屋へこの子を連れて行っても、役人たちは親の名前も住まいもいわない子に手を焼き、きっとおきみのいうように孤児院送りにしてしまうだろう。

孤児院がどんなところか知らないが、子供にとって、決して居心地のいい所ではあるまい。

文史郎は万吉に向いた。

「さて、どうかのう。万吉、やっぱり、おぬしには、この子を連れて来た責任はあるだろうなあ」

「ほうれ、みなさい」おきみが豊かな胸をでんと張った。

「万吉、おぬしは、しっかりと、どこでこの子と出会ったのかを思い出し、連れて行くことだな」

「でも、殿様、あっし、日雇いの左官屋として、毎日現場へ行って働いているんですぜ。この子を連れて、親探しをしていたら、仕事につけず、飯の食い上げになってしまうじゃないっすか。そうなったら、このカカアも俺も首くくりになっちまう」

「だから、いったんだよ。なんで、この子を拾って来たんだいって」

「仕方ねえだろう。目を覚ましたら、こいつが居たんだから」

また万吉とおきみの話は、堂堂回りをしそうになっていた。

「おう、できたできた。文史郎殿、左衛門殿、粥ができ申したぞ」

台所から、頭に手拭いを巻き、襷掛けした大門が釜を持って、のっそりと現れた。

粥の立てる湯気が、甘い米の香りとなってあたりに漂った。文史郎は腹の虫がきゅうっと啼くのを覚えた。

男の子が鍾馗様のような大門を見て、おきみの軀に顔を押しつけた。

「大丈夫だよ。このおサムライさんは、見かけは恐いが、根は優しい御方だからね。ほんとに、可愛い子だよ、この子は」

おきみは、男の子に頼られ、すっかり母親になっていた。

「万吉、おきみさん、さっきから台所で、おまえさんたちの話を聞いていたが、どうだね、しばらく、その子の面倒をみてやったら」

「でも、旦那」

「その代わり、おまえさんから話を聞いて、相談人の我々が、その子の親を探し回ってやろう。のう、いいだろう？」

大門は釜を畳の上に置き、文史郎や左衛門を見た。

「うむ。しかし」

「どうせ、権兵衛のことだ、しばらくは、こっちに仕事を回さないだろう。その間、ワシらも糊口の手段を考えぬと、飢え死にしよう」

「それはそうですが、大門氏、どうやって日銭を稼ぐのか」

左衛門は頭をひねった。

「相談人ですって？　何です、それは」

おきみがきいた。

「よろず揉め事相談承ります。文史郎様が、そういう商売を始めたところなんだ」

「ほんとですかい。そいつはいいや」

万吉も喜んだ。おきみが身を乗り出した。

「殿様、さっそくですが、この子の親探しをお願いできませんかね」

「……ま、暇だから、引き受けないでもないが。のう、爺」

文史郎は左衛門の顔を見た。左衛門は渋い顔をしていた。

「殿が、そうおっしゃるならば……」

大門がずばりといった。

「だけどね。万吉、おきみ、わしらも飯を食わねばならぬのでな。無料というわけには、いかんのだ」

「……だと思ったぜ。世の中旨い話なんかそうありゃしねえ」

万吉は横を見て毒づいた。

「殿様、いかほど出せば……」おきみは諦め切れずに訊いた。

「……お代はいらぬぞ、なあ爺」

文史郎はため息混じりにいった。

「殿、しかし……」左衛門はためらいながらいおうとした。

「爺、こんな人たちから、お代なんぞ取れるか？　武士は食わねど高楊枝というではないか」

「でも、腹が減っては……」

大門も情けなそうな顔をした。

「爺、拙者の着物を質に出せばよかろう。なんなら、大門氏のように、これを質に入れて、金子を借りればよい」

文史郎は傍らに立てた大刀を撫でた。

「殿様、さすが、江戸っ子だねえ」

万吉が感心するようにいった。

「万吉、余は、いや拙者は江戸っ子ではないぞ。生まれは田舎だからの」

「いんや、殿様の気風《きっぷ》が江戸っ子だっていったんでさあ。気に入ったねえ。ほんとのサムライってえのは、こうでなくっちゃ。義を見てせざるは勇なきなりってんでしょう？」

「あんた、お代なら、毎日の稼ぎから出せるでしょう？　酒呑んだり、女を買う金があるんだから」

「待て待て。拙者は、お代なんぞいらぬといったのだ。武士に二言はない」

文史郎はおきみにいった。

「殿様、そうはいかねえ。ただでやってもらったら、俺の立つ瀬がねえ。ここはどうあっても、お代を受け取ってもらわないと」

万吉は頑固にいった。

大門が割って入った。

「では、こうしたら、どうかな。殿がいうように、お代はいらない。その代わり、わしら三人に飯を食わせてくれんか。たくさんとはいわぬ。少々腹を満たす程度でいい。情けない話だが、殿も、左衛門殿も、それがしも、お握りでも何でもいい、多少でも飯を食わせてくれれば、この子の親を探す力が湧いて来る」

「あんた、ご飯なら出せるよ。あんまり上等なおかずではないけど、なんとかなるよ」

「ちげえねえ。飯の用意なら、なんとかならあ。よござんす。飯はかみさんが……」

戸口の外が急に騒がしくなった。

油障子ががらりと開けられ、右隣のお福が顔を出した。お福は抱いた赤ん坊に乳を飲ませながらいった。

「ちょいと、万吉さん、おきみさん、いまの話、みんな聞いたよ。あたしたちにも手伝わせて貰おうじゃないの。お殿様たち三人の飯ぐらい、みんなで一人ずつ交代で引き受ければ、なんとかなるわよ」

左隣のお米が顔を出し、お福に張り合うようにいった。

「うちだって面倒みるわよ。大丈夫、一人、二人増えても、手間は同じようなもんだからね」

長屋のかみさんたちが顔を出し、口々にいった。

「そうよ、うちだって面倒みるよ」

「うちもいいよ」

文史郎は左衛門に耳打ちした。

左衛門は立ち上がり、大声で礼をいった。

「ほんとうに、みなさんのご好意、ありがとう。ずっと、みなさんのご好意に甘えるわけにはいかない。お金になる仕事が入るまでの間だけ、よろしくお願いしたい」

「分かりやした。では、殿様、なんとか、この子の親を探してやってください」

「どうぞ、お願いいたします」

万吉とおきみが頭を下げた。

文史郎は大きくうなずいた。

「分かった。拙者たちは全力を挙げて、その子の親探しをしよう。それには、万吉、おぬしの協力なしにはできんので、昨日から今朝までの、おぬしの足取りをちゃんと教えて貰わねばな」

「じれってえ。手っ取り早く、これからでもご案内しますぜ。坊主、よかったな」

万吉はうれしそうにいい、男の子の頭を撫でた。

男の子は怯えた表情をするばかりで、少しも嬉しそうではなかった。

「ところで、殿、お粥ができましたので」

大門がいった。文史郎は空腹で腹の皮が背中に付きそうに感じていた。

「おう。飯か。腹が減った」

左衛門は、さっそく箱膳を二つ運んで来た。

「あら、ちょうどいい。わたしがご飯をおつけしましょうね」

おきみが家に上がり、お釜の蓋を開けた。

「あらまあ、なんて薄いお粥なこと」

おきみは文史郎の茶碗に水のような粥をおたまでよそった。

「おかずは？」

左衛門が黙って梅干しと塩昆布を箱膳の上に載せた。

おきみは大門のどんぶりに粥をよそいながら、笑い声を立てた。

「さっきの話の通りじゃないですか。これじゃあ、力は出ないわねえ」

おきみの声に、隣のお米やお福をはじめおかみさんたちが膳の上を覗き、どっと笑った。

文史郎は、おかみさんたちの視線をものともせず、茶碗のお粥に塩昆布を載せ、喉の奥に流し込んだ。

「殿様、いま、お新香や沢庵を持って来るからね」

「うちは、麦飯でよかったら、御櫃ごと持って来るよ」

「納豆、豆腐を持って来てあげるから、待ってて」

「お握りを持って来てやっから」

長屋のおかみさんたちは口々にいい、それぞれ嬉々としながら、ばたばたと足音を立てて、引き揚げて行った。

文史郎は二杯目、三杯目のおかわりをしながら、お粥を掻き込むように食べた。梅干しと塩昆布がお米の甘さを引き立て、いつになくご飯がおいしかった。

左衛門も大門も、あっという間にお粥を平らげていく。

万吉と男の子は、三人の様子に目を丸くして見守っていた。

「あんた、いまのうちに、その子を連れて、湯屋に行っておいでよ」

おきみが文史郎の茶碗にお粥をよそいながら、万吉にいった。

「だがよ、こいつの着物、こんなに汚れているからなあ。健太が小さいときの着物、残してなかったか?」

「あいよ、帰って来るまでに、探して用意しておくよ。さ、行っといで」

おきよは男の子に優しい声をかけた。

「よし、坊主、一風呂、浴びて来るか。気持ちいいぞ」

「あんた、その子、いくらなんでも、名前がないとねえ。呼ぶとき名無しでは、どうも具合が悪いよ」

「じゃあ、健坊《けんぼう》でいいじゃねえか」

「そうねえ。健坊ねえ。自分の名を忘れたのかねえ」

男の子は黙ったままだった。

「じゃあ、健坊ということにしましょ。健坊、湯屋へ行ってらっしゃい」

「よっしゃ、健坊、行くぞ」

万吉はいきなり男の子を肩車し、長屋から出て行った。男の子は怯えた様子もなくなり、万吉の頭に掴まっていた。

入れ替わるように、お米やお福が、おかずや御櫃を手に戻って来た。

「さあさ、食べておくれ」

「遠慮はいらないよ。お殿様」

文史郎はたちまち目の前に馳走が並ぶのを見て、鼻の奥がじんとなるのを覚えた。

左衛門も大門も勧められるままに黙々と料理や飯を食べていた。

三

半刻（一時間）もしないうちに、万吉と健坊は湯屋から戻って来た。

健坊は頭から足先まで、きれいに洗われ、別の子になっていた。

おきみは、どこからか糊のきいた浴衣を出してきて、健坊に着替えさせた。やや健坊には大きめの着物だったので、おきみはまるで本当の母親のように、せっせと肩揚げ腰揚げして縫い上げた。

「これはあんたの母さんが作ってくれた着物だから、きれいに洗っておくからね。心配しないでいいよ」

おきみは健坊にそういい、不安そうにしている健坊を元気づけた。

こざっぱりした健坊は、背丈だけは同じ年齢の子供と変わらないものの、軀が痩せ、手足が細く、一見ひ弱な感じがした。

まだ夕暮れまでは間があったので、さっそく舟に乗って出かけ、健坊の親探しが始まった。

万吉がはじめに文史郎たちを連れて行った先は、目を覚ましたら、舟の中に健坊と薦を被って寝ていたという大川の上だった。

「岡場所の帰《けえ》りですから、多分あの橋のあたりで船に乗ったんでねえのかな」

万吉が指差したのは、深川の小名木川に架かる萬年橋だった。萬年橋は丸い太鼓橋で、その下を潜ると大川に出る。

萬年橋の近くにある船着き場に舟を着け、文史郎たちは降りた。

橋桁の下の葦に隠れて、何艘もの舟が繋がれていた。川の流れは緩やかで、舟縁を叩く水音もほとんど聞こえなかった。

葦の陰で白い小鷺が小魚を狙っていた。

「どうして、こんなところへ降りて、舟に潜り込んだのかね？」

左衛門が万吉に訊いた。

「かかあの前では、まずいのでいわなかったんですがね。このあたりの舟は夜鷹の仕事場なんでやす。どうやら、酔っ払ったあっしは、夜鷹に舟に連れ込まれたんじゃないかと思っているんでさあ」

万吉は頭を掻いた。

文史郎が左衛門に訊いた。

「爺、夜鷹とは夜に獲物を漁《あさ》る鷹のことかのう？」

「ま、そんなものですかの」

「確かに」

左衛門は大門と顔を見合わせて笑った。

「殿様、冗談が上手だねえ」

万吉は健坊を肩車して笑った。

文史郎は、みんなの話しぶりから、夜鷹が遊《あそ》び女《め》なのだろう、と察した。

「では、ここへ来る前は、どこにいたのかの？」

「たぶん、この先にある岡場所に仲間と一緒に乗り込んだのでは、と思うんです。頼みますよ、これもかかあには内緒ですぜ」

万吉は舟を降りると、健坊を肩車し、文史郎たち三人の先に立ってぶらぶらと歩いた。

「酒を飲むと、どうも忘れっぽくなりやしてね。昨夜も何があったのか、さっぱり分からないでやんす」

大川と小名木川が交わる角の河岸に、稲荷社があった。境内には、松の木が七、八本生えていて、濃い緑の葉がついた枝を延していた。

「たぶん、岡場所からの帰り、萬年橋のこのあたりに来たんでしょう。このあたりは、岡場所であぶれた客や、飲み屋帰りの酔っ払いが時々通りかかる場所なんで、夜鷹が獲物を探して待っているんでさあ」

万吉が話しながら、稲荷社の鳥居の前に差しかかったとき、いきなり健坊が暴れはじめた。

「おいおい、どうした、健坊」

万吉は肩車した健坊を手で押さえた。健坊は声を上げずにむずかり、しきりに肩から下りようとした。

「分かった分かったよ。小便でもしたくなったか？　危ないから暴れるなよ。いますぐ下ろすからよ」

　万吉は苦笑しながら、健坊を地べたに下ろした。健坊は下りたとたん、大川とは反対方角に走って逃げようとした。

「おい、健坊、待てよ」

　万吉は駆け出し、すぐに健坊に追いついて抱き止めた。

「おい、健坊、いったい、どうしたってんだよ」

　万吉は笑いながら、健坊を抱き上げた。

　健坊は怯えた表情をし、ぶるぶると小刻みに震えていた。目にはいっぱい涙を溜めていた。だが、気丈に泣くのを我慢している様子だった。

　健坊は万吉にしっかりとしがみついていた。

「健坊、なんか化物でも見たような面してんなあ。昼間には化物なんか出やしねえ。大丈夫。だいいち、俺がついていらあな。それに、強いおサムライさんが三人もいるんだぜ。安心しな」

「そうだぜ、健坊。それがしを見たら、どんな化物も逃げて行くからな。心配するな」

　大門も髭面を崩し、健坊をあやすようにいった。

健坊は稲荷社の方角を見て、怯えた顔をしていた。

「もしかして、稲荷社に何か化け物でもいたのかい?」

万吉は健坊に訊いた。

「………」

健坊は何もいわず、涙だけを流していた。

文史郎は萬年橋の袂から稲荷社の境内の木立ちを窺った。

「爺、もしかすると、健坊は稲荷社の境内で、何か見たのかもしれぬぞ」

「そうですな」

文史郎は稲荷社の前に行った。境内を過ぎると大川に面した小さな広場があった。

広場は高瀬船が横付けできる船着き場に繋がっていた。

その広場を抜けて、境内の石の柵《さく》に沿う道を右手へ折れると、大川沿いの通りになり、一丁(約一〇〇メートル)も行かないうちに新大橋の袂に出る。

新大橋は、大川の河口にある永代橋と、やや上流の両国橋の中間に造られた新しい橋だった。

文史郎は、境内の松の木立ちを過ぎたところで、大川沿いの通りからやって来た六、七人の侍たちとすれ違った。

侍たちは、いずれも若い男で、きちんと月代を剃り、同じような羽織袴を着て、整然と歩いて来る。

左衛門は文史郎よりも三歩後ろに控え、侍たちに油断のない目を走らせていた。

侍たちは文史郎とすれ違いざま、頭を下げて挨拶をした。文史郎が普通の武家ではない、と見てとったのだ。

文史郎も鷹揚に会釈を返した。

「おいおい、どうした？　健坊」

背後で騒ぎが起こった。

文史郎が振り向くと、万吉に抱かれた健坊が手足をばたつかせて暴れていた。

健坊は侍たちを見て、恐怖に顔を引きつらせていた。

「どうした？　健坊、大丈夫、落ち着け」

大門が万吉といっしょに健坊を宥《なだ》めていた。

侍たちも健坊の騒ぐのに気づき、顔を見合わせた。

侍たちは一斉に駆け出し、ばらばらっと大門と万吉を取り囲んだ。

健坊は泣き声を上げ、万吉の首に手を回して、ひっしとしがみついていた。顔が怯えで歪んでいた。

大門は侍たちの動きにいち早く反応し、大きな軀で、健坊と万吉を背に庇った。

「おぬしたち、何者だ？」

侍たちは無言だった。

頭《かしら》らしい侍以外は刀の柄に手をかけていた。

「おい、待て！　何事だ？」

文史郎は侍たちの後ろから、声をかけた。左衛門も低い姿勢で身構えた。

侍たちは挟み撃ちされるのを避け、左右に動いて文史郎と左衛門にも三人が身構えた。

「おぬしら、拙者の身内に、いったい何用だ？」

「………」

侍たちの頭は部下たちに鋭い声で何事かを命じた。侍たちは刀の柄にかけていた手を外した。

「これは失礼いたした。この者たちは貴殿の身内でござったか？」

「そうだが、いかがいたした？」

「突然に、その町人たちが、それがしたちを見て、騒ぎ出したので、逆に何事と思ったところでござる」

「ほほう。純真無垢な子が、そこもとたちを見て怯えたのは、おぬしたちが発する怒気か殺気を感じたためだろう。おぬしたち、何をお探しかのう？」

「ははは。ご冗談を。何も探してなどおりませぬぞ。それがしたちは、ただ法事を終えて屋敷へ帰る途中でござる」

文史郎は健坊の様子を見た。健坊は大門の大きな背に隠れるようにして、文史郎と侍のやりとりを窺っていた。

「ところで、貴殿は、どちらのご家中でござるか？」

「他人に尋ねる前に、貴公たちがどこの家中かを先に名乗るのが礼儀というものではないかのう」

「これは重ねて失礼申し上げた。それがしたちは、田安《たやす》家の家中。それがしは番頭《ばんがしら》平岡玄磨《ひらおかげんば》と申す者でござる。貴殿の御尊名を伺いたい」

平岡玄磨は頭を下げた。

田安家といえば、一橋《ひとつばし》家、清水《しみず》家と並ぶ、徳川御三卿《ごさんきよう》の一家だ。

文史郎は笑みを浮かべた。

平岡玄磨は田安家の名を出せば、文史郎が畏れ入るとでも思ったのだろう。思惑外れもいいところだ。

「それがしは名乗るほどの者ではない。いまは隠居して家督を息子に譲った天下の素浪人・大館文史郎と申す者だ」

「大館文史郎殿と申されるか」

平岡玄磨は目をぎょろりと剝いた。

「左様」

「して、おぬしの御身内と申された町人親子の名前は?」

「ほほう。それを知ってどうするおつもりだ?」

「ははは。ただの座興でござる。ただ、何故、あの親子は我らを見て、あのように驚愕、恐怖されたのか、ちと気になり申してな。もしや、あの親子、以前に我らを見たことがあるからではないか、と思ったのでござる」

「ほほう。おぬしたちを見ただけで驚愕恐怖するようなことを、おぬしたちは、あの者たちにしたというのかのう」

「ははは。まさか、そのようなことをするはずがあり申さぬ」

「あの親子に直接、尋ねればいいではないか。遠慮せずともよいぞ」

平岡玄磨はうなずき、万吉に向いた。

「では、失礼。おぬしたち、我らをどこかで見知っておったかのう?」

「おぬしたちは知らぬな」

大門が応えた。

「その髭の御浪人ではない。後ろにいる町人親子にお尋ねしておる」

万吉は平岡玄磨を上から下までじろじろと見回した。

「おサムライさんたちは、知らねえな。見たこともねえや」

「その子は、おぬしの子か？」

健坊は万吉にひっしとしがみついていた。その顔は恐怖に歪み、いまにも泣き出しそうだった。

「あたぼうよ。こいつの整った鼻と涼しげな目を見ろやい。俺そっくりだろうが」

万吉は侍たちを嘲るようにいった。

平岡玄磨は部下たちと顔を見合った。

「これは失礼いたした。人違いだったのだろう」

「人違い？　どういうことでござるか？」

文史郎は平岡玄磨の言葉を聞き咎めた。

「いや、お気にめされるな。御呼び止めることになって、たいへん失礼申した。これにて、御免」

平岡玄磨は文史郎に一礼し、踵を返してすたすたと歩き出した。

部下の侍たちも、一斉に踵を返し、平岡玄磨の後ろから整然とついて行く。

「なんだ？　あいつらは。偉そうにしやがって」

万吉はペッと唾を吐き捨てた。

いつの間にか、大門は万吉から健坊を受け取り、抱いていた。

健坊は侍たちが戻って来ないか、とおどおどして見送っていた。

文史郎はふと健坊に訊いてみた。

「健坊、おまえ、あの侍たちを見たことがあるのかい？」

「…………」

健坊は無言だったが、こっくりとうなずいた。初めての意思表示だった。

大門が驚いて訊いた。

「見たことがあるというのかい？　いったい、どこで？」

「…………」

健坊は何かを思い出した様子で、見る見るうちに目に涙を溜め、大門の肩に顔を埋めてしまった。

「おうよしよし。そうかそうか。あのサムライたちが恐かったか。分かった分かった。

わしがついとるではないか。いいよ、いいよ。何もいわんと」

大門は健坊を抱きながら、嬉しそうに軀を揺すった。大門は子供に懐かれるのが初めてだったらしい。

文史郎は侍たちの後ろ姿を見送り、左衛門に訊いた。

「爺、どう思う？」

「何か妙にひっかかりますな」

「この近くに田安家の屋敷はあるのか？」

「はい。この小名木川をそのまま東へ行けば、田安家の下屋敷があります」

文史郎は顎をしゃくった。

「万吉、それで、おぬしは、どこの岡場所からの帰りに、ここを通ったのだ？」

「岡場所は萬年橋を渡った対岸にありやしてね。小名木川沿いに二、三丁行きやすと、右手に寺領があって、そこに出会い茶屋や料理屋が並んでいやす。殿様、今度お連れしましょうか」

「うむ。頼むぞ。金はないが」

「そこはそれ、なんとかなりましょう。不思議と遊びの金はできるもんでして」

万吉はにやっと笑い、頭を搔いた。

文史郎たちは再び稲荷社の鳥居の前に差しかかった。

健坊が大門の首に手を回し、恐る恐る境内に生えている松林を睨んでいた。また顔に怯えのような表情が見えた。

「坊主、あそこに何か見えたのか？」

「………」答えなかった。

「坊主、おまえ、この付近に住んでいたのか？」

「………」

「おまえの父さんは、どこにいるんだい？」

「………」

「お母さんはどこに行ったんだい？」

「………」

健坊は問いには答えず、じっと文史郎の顔を睨んでいるだけだった。だが、健坊の目に見る見るうちに涙が溢れ、大粒の雫《しずく》になって頰を伝わって流れた。

文史郎は、きっとこの子は口も利けなくなるほど、悲しくて恐い目に遭ったのに違いない、と思った。

「おう、よしよし。大丈夫だぞ。わしらがついてるからのう」

大門が抱いている健坊の背を撫でた。

万吉が苛立った声を上げた。

「ええい、じれってえな。殿様、下町じゃあ、ガキは親父のことを、お父《と》うとか、ちゃん、母親のことは、母《かあ》ちゃん、おかんって呼ぶもんだぜ。お父さん、お母さんなんて訊いたら、背筋がむず痒くなってしまうぜ」

「おう、そうか」

文史郎は頭を掻いた。

「だから、こう訊くんだよ。おい坊主、ちゃんは、いまどこにいる?」

「…………」

健坊はゆっくりと萬年橋の方を指差した。万吉はにやっと笑った。

「なあ。そうだろ、殿様。こうこなくっちゃ。で、坊主、おかんはどこにいるんだ?」

健坊はまた萬年橋を指差した。

文史郎たちは顔を見合わせ、萬年橋の袂まで移動した。

「で、どっちだ?」

健坊は橋の下を指差した。

「何だと、この下は川じゃねえか」

「舟だ。きっと舟にいたのだろう。万吉、おぬし、目を覚ましたとき、舟の中で薦を被っていたといっていたではないか」

文史郎は橋の下に繋がれた何艘もの小舟に目をやった。

「ちげえねえ。坊主、おめえ、ちゃんやおかんと、舟で暮らしていたってえのか？」

「…………」

健坊は黙って小名木川の河口を指差した。河口は大川に繋がっている。

大門が大声でいった。

「そうか、分かった。舟で大川の方から、ここへやって来たのだろう。なあ、健坊、そうだろう？」

健坊は、こっくりとうなずいた。

万吉は頭を振った。

「……ってえことは、大川沿いのどっかの町に住んでいるってえことかい。こりゃあ、厄介だぜ。健坊を舟に乗せて、大川沿いの下町を片っ端から調べることになるぜ」

文史郎は思案気に万吉に訊いた。

「それより、健坊は誰とここへ来たのかだ。そして、その父か母は、どうして健坊をほったらかしにして、姿を見せないのか、だ。万吉、昨日のことを思い出せ。何刻ごろ、どこの道を通り、この辺に来たのか？　そうすれば、おぬしが、どこかで健坊と会い、いっしょに小舟に乗り込んだ訳も思い出せる」

「……それが、殿様、ほんと、情けないことに、よう思い出せねえんです」

万吉は苛立たしげに自分の頭を叩いた。

「いっそのこと、酒でも食らえば、ひょっとして思い出すのかもしれねえが」

「…………」

大門に抱かれていた健坊が万吉に両手を延した。

「わしに飽きたというのか。よかろう」

「何でえ、健坊。おれの方に来たいってえのか」

万吉は嬉しそうに健坊を受け取って抱いた。

話しながら、ゆっくりと萬年橋を渡って来る人影があった。

着流しに羽織姿の一目で奉行所の同心と分かる侍と十手持ちの岡っ引き、それに使い走りらしい町人だった。

文史郎は健坊の様子を窺った。健坊は彼らを見ても怯えた顔をしなかった。

やはり、健坊は、さっきの侍たちだけに異常な反応を示していた。

健坊があの侍たちを恐れているのは、何かを見たからに違いない、と文史郎は思った。

岡っ引きが橋の下を覗き込んだり、稲荷社の境内を指差して、上司の同心にあれこれ、何事かを説明していた。

同心は橋の欄干から身を乗り出して橋の下を見たり、何事かを岡っ引きに尋ねたりしていた。

同心は岡っ引きと話をしながら、厳しい顔で橋を下りてきた。

文史郎は同心に軽く会釈をした。

「少々、ものをお尋ねしたいのだが」

「はあ。何でしょうか?」

若い真面目そうな同心は文史郎を見て姿勢を正し、会釈を返した。あらたまった口調で応えた。

岡っ引きと、その手下はさっと後ろに下がって控えた。

「このあたりで、最近、何事か起こったのかのう?」

「はあ。昨晩も、この稲荷社の前で、辻斬りがありまして、調べておるところでございます」

「昨晩も？　と申すと、幾晩も辻斬りが起こっていると申すのか」

「はあ。この小名木川の高橋《たかばし》付近でも、それから大川端の御舟倉の河岸でも、あいついで人が斬り殺されております」

「昨晩の犠牲者は？」

「夜鷹の女が一人殺されています」

「その女の身元は分かったのかね？」

「いえ。まだ、誰も引き取り手が現れませんもので分かりません」

「下手人は分かったのかね？」

「いや、まだでござる。なにしろ、辻斬りをしているのが武家だとなると、町奉行所の手にあまりますので」

「うむ。そうか。下手人の手がかりは？」

「失礼ですが、ご貴殿は、どちらのご家中でございますか？」

「いまは天下晴れての素浪人だ」

「御戯《たわむ》れを。それがしは南町奉行所同心、小島啓伍《こじまけいご》と申します。御名前をお聞かせ願いませんか」

　小島と名乗った若い同心は、どこか殿様然とした文史郎が只者ではないと感じたのだろう。文史郎を敬う態度は少しも変わらなかった。

おそらく、この小島という同心はまだ新米で、経験も少なく仕事熱心な役人で、真面目過ぎ、奉行所でも融通の利かない堅物で通っているのだろう、と文史郎は思った。

「名乗るほどの者ではないが、いまの名は大館文史郎と申す、ただの浪人者だ」

「大館文史郎様ですか？」

小島は目を宙に泳がせた。端正な顔立ちをした好青年だったが、だいぶ思い込みが激しい性格らしい。

「どう見ても浪人者には見えませぬ。それがしをお揶《からか》いなさってておられるのでは？」

小島は疑い深い目で文史郎を見つめた。

「殿、そろそろ本当のことを」

大門が揶い半分にいった。

「これ、余計なことを申して」

左衛門が大門を叱った。大門は頭を掻きながら、「御免。申し訳ない」と謝った。

これが小島の思い込みを決定的にした。

小島は顔を紅潮させて、その場に平伏しようとした。

「やはり、お殿様でございましたか。畏れ入ります。さ、その方たちも、控えよ」

小島は岡っ引きたちにもいった。岡っ引きたちも、慌てて土下座した。

「待たれよ。この者たちのいうことは、冗談だ、冗談。真《ま》に受け取られては困る。拙者はただの素浪人」

「何をおっしゃいますか、殿様。なんも隠すことはねえじゃねえっすか」

万吉がさらに火に油を注いだ。

「へへえい。失礼いたしました。ご無礼の段、平《ひら》にお許しを」

小島たちは、その場に平伏した。

通行人たちは何事かと、文史郎たちのことを窺っていた。なかには、慌てて道の端に座り、土下座しようとする者もいた。

「小島殿、お立ちくだされ。爺、なんとかしてくれ」

「は、はい。殿」

左衛門は笑いながら、平伏する小島の手を取り、起きるようにいった。

「これは、御命令ですぞ。起きてくだされ。でないと、お忍びだということが、分かってしまうではないか」

「ははッ。申し訳ございませぬ。では、失礼を省みず立たせていただきます。忠助《ちゅうすけ》、末松《すえまつ》、おまえたちも立ちなさい」

小島は岡っ引きたちに命じて立ち上がった。

「それでよい」

文史郎はいいながら、つい殿様口調になっている自分に苦笑した。

文史郎はちらりと万吉が抱いた健坊に目をやった。万吉は健坊に何事かを話している。

文史郎は健坊に聞かれないように声を潜めた。

「ところで、小島殿、少々頼みがあるのだがのう。聞いてくれるか」

「は、はい。しかし、その小島殿というのは、おやめください。小島と呼びつけにしていただきたくお願いいたします」

「しかし、おぬしは、拙者の家臣ではないからのう」

「畏れ多すぎます。ぜひに」

「分かった。では、小島、その殺された女の身元が分かったら、教えてくれぬか」

「分かりました。どちらのお屋敷へお知らせいたせば」

「うむ。それはまだ秘密だ。爺か、あの大門か、万吉か、拙者の使いの者がおぬしを訪ねよう。そのときに、知らせてくれればいい」

「分かり申した。しかし、何故、夜鷹の女の身元をお調べになられるのか」

「夜鷹の女だとて我々と同じ人の子だ。殺されれば、悲しむ家族や親兄弟がおろう。人ひとりの命は尊いものだ。おぬしたち役人は、おろそかに扱ってはいかんぞ」

「はい。肝に銘じておきます」

　小島は大きくうなずいた。

「もしやすると、あの子の母親かもしれぬのだ」

　文史郎は万吉の腕にしがみついた健坊を目で指した。

「そうでしたか。で、あの子の名前は？」

「分からぬ。あの子は喋らないのだ。もし、殺された夜鷹の女が、あの子の母だったら、喋れないのは、そのせいかもしれぬのだ」

「なるほど。分かりました。番屋に戻りましたなら、女の身元を念入りに調べます。もしかして、身寄りの者が届け出ているかもしれませぬので」

「うむ。お頼み申す。それから、下手人のことも、分かったら、教えてほしい」

「仰せの通りに」

　小島は恐縮し、後退った。

　岡っ引きの忠助、末松も、文史郎に頭を下げた。

　陽は西の山端にかかっていた。大川の川面に夕日が赤く映えていた。

文史郎は大川を行き交う舟を見ながらいった。

「では、爺、そろそろ、我らもアサリ屋敷に帰ろうではないか」

「ははっ」

左衛門は笑いを噛み殺しながら返事をした。

四

長屋には、近所のおかみさんたちが心を込めて作ったご馳走が文史郎たちを待っていた。

温かい白米のご飯に、野菜の煮物、魚の煮つけ、青物や漬物、熱い味噌汁。

文史郎と左衛門、大門は空腹だったこともあり、おかみさんたちが世話を焼くなかで、夢中で箸を動かし、ご飯を掻き込んだ。

馳走を平らげ、ようやく文史郎たちは人心地ついた。

おかみさんたちは、食べ終わった食器の片づけから、食器洗いまでてきぱきとやってくれた。

大門は壁に寄りかかって両足を投げ出し、楊枝で歯の間に挟まった食べ滓を除きながら、思い出したようにいった。

「それにしても、子供を抱っこしたり、子供にしがみつかれたのは、しばらくぶりのことだなあ」

「健坊を抱っこしたときのおぬしは、えらく幸せそうだったのう」

文史郎は揶い半分にいった。

「そうなんだ。それがし、故郷に妻子を残して、藩を出奔して以来、子を抱いたことがなかったからな」

「おぬしは妻子持ちだったのか」

「うむ。思えば、妻子と別れてから五年になり申す。家を出るころ、息子はいまの健坊ぐらいだったし、娘は赤子だった」

「おぬし、なぜ、脱藩した?」

「………」

大門は髭もじゃの顔を不意に歪めた。

いかに能天気な大門でも、過去には心痛む出来事があるのだろう、と文史郎は察した。

誰にも触られたくない過去がある。

「ああ、済まぬ。訳を訊いてはいかんかったな。拙者も、脱藩の理由を訊かれても、いまはまだ話す気がせんからのう」

大門は掌でぐすりと鼻をすすり上げた。

「いずれ、時が来たら、貴殿にも話すこともあろう。そのときまで待ってくれ」

「お酒はないが、お茶でもいかがかな」

左衛門が台所から鉄瓶と急須を運んで来た。文史郎と大門の前に湯飲み茶碗を置いた。

「おう、かたじけない。御老体に、茶まで出して貰っては」

大門は元の顔に戻っていた。左衛門は何もいわず、急須の茶を湯飲み茶碗に注いだ。

「明日からのことだが」

文史郎は熱い茶を飲みながらいった。

「拙者は、番屋に小島殿を訪ねたいと思う」

「それがしも、お供します」

左衛門がいった。

「それがしも参ろう」と大門。

「いや、大門殿には別のことをお願いしたい。だいぶ健坊と仲がよさそうなので、健坊と舟に乗り、健坊の住まい捜しをしてほしい」

「健坊と舟遊びですか。いや冗談でござる。分かり申した。しかし、舟をどういたすか」

「爺、玉吉を呼び出してくれぬか。我々を深川に送って貰い、その後、大門殿を舟で案内して貰う」

「分かりました。明朝、手配いたします」

「よろしく頼む」

文史郎は茶碗を置いた。

大門は茶を啜り、頭を振った。

「それにしても、健坊が来て以来、万吉、おきみの夫婦は明るくなったですなあ」

「前は、あの夫婦は暗かったのかい？」

「それはもう陰陰滅滅たるもので、夫婦喧嘩も、終始息子のことで相手をなじるばかり。結局は、万吉は出て行って酒浸りになり、おきみは、それをなじって大喧嘩する。そのくりかえしだった。それが、今日なんかは、健坊を連れ帰ったこともあって、夫婦喧嘩はなし。こんな気味の悪いことはない」

文史郎は訝った。

「万吉とおきみ夫婦の息子の話だが、どういうことになっているのだ？　確か健太とかいう名だと聞いていたが」

「そう。万吉とおきみには、健太という一人息子がいたそうだ。それがしが、ここへ来る前のことなので、自分は見ていないのだが、二人の自慢の息子で、利発で可愛い子だったらしい」

「…………」

「六年前、十二歳になったというので、ある呉服店の大店に丁稚奉公に出したそうなんだ。その大店の大旦那というのが、万吉の古い知り合いで、万吉は息子を丁稚に使ってやってほしい、とお願いした。万吉は息子には収入が不安定な日雇い左官職人で終わらせたくない、と思った。息子には呉服屋で奉公して、ゆくゆくは大番頭に出世し、大旦那から店の暖簾分けをして貰いたい。自分の夢を息子の健太に託したんだ」

大門はゲップをし、ため息を洩らした。

「しかし、好事魔多しとは、よくいったもんだな。健太は五年経って、旦那から認められて、手代見習いに引き立てられた。ところが、健太はそのころ悪い仲間に引き込まれ、悪い遊びをするようになっていた」

「悪い仲間というのは？」

「岡場所なんかに出入りしているうちに、女を通して、やくざと知り合い、博打場に出入りするようになったそうだ。そのうち、店の金に手をつけた。そうなったら、落ちるのは早い。あるとき、金を盗んでいるところを、旦那に見つかり、店を馘首《くび》になった。旦那から話を聞いた万吉は、あの性分だ。烈火のごとく怒って、訳も聞かずに健太を勘当し、家から叩き出してしまった」

「万吉の気持ちも分からないでもないな。で、健太はどうした？」

「健太は申し訳ないといって、そのまま出奔し、どこかへ行方をくらました。それ以来、万吉とおきみの許へは戻って来ない」

「そんなことがあったのか」

「まだ後日談がある。あとで分かったのだが、健太が店の金に手をつけた理由は惚れた娘がいたからだった。その娘の親が高利貸しから多額の借金をしていた。高利貸しは借金の形《かた》として娘を取り、女郎屋へ売り飛ばすことになった。健太は、その娘の親の借金を返そうとして、焦った末に店の金に手をつけてしまった」

「どうにか、ならなかったのかのう」

　文史郎は頭を振った。左衛門はうなずいた。

「それで万吉夫婦は、どうしたのかね」

「万吉は、健太はなんで親の俺に相談せずに、そんなことをやってしまったのかと嘆いた。借金は万吉が店の旦那に頼めば、なんとかなるくらいの額だった。それ以来、おきみさんの万吉に対する不満が爆発した。おきみさんは、ことあるごとに、亭主をなじった。健太が相談しなかったのは、万吉が健太を一人前にしようと、いつも厳しく突き放したからだ、と。なんでも自分一人で解決しろ、と叱咤していたからだとね」

「親の心、子知らずだな。しかし、父親として、そのくらい息子に厳しくあたるのは当然のことだと思うがのう」

文史郎は腕組みをし、思案気にいった。

大門もうなずいた。

「それがしも、同感。ところが、万吉は自分の育て方が悪かったのだと考え、嘆くあまりに酒浸りになった。そこへ降って湧いたような迷子騒動だ。万吉もおきみも、もしかして、神様が健太の代わりに、あの子を寄越したのではないか、と内心では思っているのではないかな」

「それで、万吉とおきみは、健坊と呼んだりしているわけか」

「そういうわけ。哀れな話でしょう?」

文史郎は考えた。

「うむ。いずれ、健坊の親は見つかるだろう。健坊の幸せのためには実の親が見つかるのが一番いい。万吉とおきみのためにも、早いうちに親を見つけてやらないといかんな。長引けば、健坊との別れが、かえって辛くなろう」

「もし、あの辻斬りに殺された夜鷹の女が健坊の実の母親だったら、ことは複雑になりそうですな」

「うむ。だが、健坊の父親がどこかにいるはずだろう。父の許に健坊を帰すのが、次善の策となろうな。ともあれ、明日、女の身元を調べに参ろう」

文史郎は、万吉やおきみが健坊を見るまなざしの優しさを思い浮かべた。健坊が万吉やおきみ夫婦の子供になれたら、夫婦だけでなく、健坊の幸せにもなるのに、と思うのだった。

五

文史郎と左衛門は、呉服屋清藤の店先に入った。

二人が出かけようとしていた矢先に、丁稚が来て、「至急にお越し願いたい」という権兵衛の伝言を受けたのだった。

口入れ屋の内所で待つほどもなく、権兵衛が満面の笑みを浮かべて現れた。

「いやはや、先の失敗で、当分、揉め事相談は入らないと思うてましたら、捨てる神あれば拾う神ありですな。昨夜、遅くなってですが、某家の家老から、揉め事の相談が入ったのです。それも文史郎様に打って付けのご依頼でした」

「ほう。どんな仕事かのう？」

「某家の殿様が、夜な夜な、外出して、辻斬りをしているというのです」

「辻斬りだと！」

文史郎は思わず声を出し、左衛門と顔を見合わせた。

「はい。殿様はかなりの腕前らしい。献上される名刀の数々を見るだけでは飽き足らず、試し斬りなさっているというのですな」

「…………」

「一昨夜も、大川端で夜鷹の女を一刀両断、それで町方役人も大騒ぎになり、某家もおちおちできなくなった。このまま、殿が辻斬りをなさり、公儀にでも知られたら、えらいことになる、と。夜鷹の一人や二人を斬ったからといって、お取り潰しにはならないだろうが、天下のご政道に反するとして、石高減禄などの厳しい処遇を受けることは免れないだろう。それでご家老重臣が考えた末、殿様のご乱行を止めて貰いたい、というのです」

「夜鷹の一人や二人と言いましたな」

文史郎は怒りのあまり語気を強めた。権兵衛は慌てていった。

「私がいったわけではありませぬぞ。その某家のご家老のお使いが、そう申したわけでして」

文史郎は家臣たちが情けないと思った。

「殿のご乱行を諫めるのは、家臣のお役目ではござらぬか？　他所者《よそもの》の我らのやることではない。どうしても殿のご乱行を諫めても止まらないなら、自ら腹掻っ切って諫《かん》死《し》してでもお止めするのが筋であろう」

「分かっております。それができぬ事情があるので、こうして揉め事相談人に依頼があるというわけです」

「ほほう。どんな事情があるというのですかな？」

「はっきりいって、家中には、そんな立派な武士がいないというのです」

「諫死する家臣もいない、と申されたのか？」

「もし、立派な者がいても、犬死にになるから、やめるというのです。たとえ、家臣が腹を切って諫死しても、やめるような殿ではないともいうのです。頑固一徹で、無思慮な暴君なのだそうです。だから、下手に諫死しても無駄死ににになるのは明らか。そんなことで有為《ゆうい》の士を失いたくないというのですな」

「ふう」文史郎は吐息をついた。

「当世風と申しますか。いまの家臣たちは、ただ禄を食《は》むためにだけおり、いざ戦《いくさ》にでもなると分かれば、みんな逃げ出すか、隠居するという風潮なのです」

左衛門が嘆いた。

「殿、ほんとに世も末でござるのう。それがしの若いころは……」

「爺、やめておけ。それ以上いっても、ただの愚痴になるだけだ」

「は、はい」左衛門はうなずいた。

「いやあ、文史郎様や左衛門様のような気骨溢れる侍が、その家の家臣におられれば、こんな馬鹿殿は、いや失礼、暴君は出なかったのでしょうが」

「そんな愚かな殿様だったら、家臣でもない我らが、いくら説得しても聞く耳を持たないのではないか。きっと我らを格好の相手として、試し斬りしようとするだろう」

「そうなのです。だから、適度にあしらい、懲《こ》らしめてほしいのです」

「懲らしめろというのは、斬ってもいい、ということか？」

「斬ってもいいが、殺してはならぬと。二度と辻斬りをしないように懲らしめてほしい、というのが依頼の内容なのです」

「その殿の剣の流派は？」

「小野派一刀流とか。お殿様なので、免許は受けていないが、大目録ぐらいの腕前はあるということでしたな」

「小野派一刀流か。やっかいな相手だな」

「そうでございますか？」

「うむ。指南役から実戦の術を教え込まれているはずだ。普通の殿様剣法ではない」

「そうでございますか」

「で、報酬のほどは？」

「今度は前金で五十両、うまく殿様の辻斬りを二度としないように止めていただければ、二百両を出すそうです」

「二百両？　大家にしては、ちと吝《しわ》いのではないか？」

「では、いかほどと」

　文史郎は左衛門と顔を寄せ合った。

「これまで、どのくらい無辜《むこ》の人間を殺《あや》めたか分からぬのに、二百両で終わりにしようとはけしからんな」

「殿、せめて五百両は貰いましょう。それなら殺され損の人たちへの、多少の手向《たむ》けにはなりましょう」

「そうだのう。権兵衛、先方に五百両を要求してくれ。それ以下では引き受けないとな」

「また五百両ですか？」

権兵衛ははたと手を打った。

「よござんしょう。先方もほとほと手を焼いている様子。五百両で押してみましょう」

「で、その某大家とは、どこのことだ？」

権兵衛は声を潜めていった。

「田安家です。御三卿の一家です。殿の名前は田安慶壱《たやすよしかず》様……」

聞いても、文史郎は驚かなかった。田安家と聞いてすぐに分かった。

「知っておる。徳川御三卿が聞いて呆れる。徳川一門の権威も地に落ちたものだのう」

左衛門が小声で諫めた。

「殿の尾張松平家も、御一門ではありませぬか」

「だから、余は腹を立てておるのだ」

文史郎は憤然としながら、店先から出て行った。その後ろから、左衛門が腰を低めて付いて行った。

六

女の遺体は番屋の留置場の土間に寝かされていた。

土間に敷かれた茣蓙《ござ》に女の遺体は仰向けに寝かされ、無造作に薦がかけてあった。顔だけが出ていた。

すでに役人の検視が終わったあとで、遺体の傍らには、棺桶が用意されていた。

文史郎と左衛門は奉行所同心の小島に案内され、遺体に対面した。

文史郎は形ばかりの祭壇の前で、線香を点し、女の亡骸に両手を合わせて冥福を祈った。

祭壇には、近くの原で摘んだらしい野菊の花の束が供えられてあった。

遺体は硬直が始まり、死体特有の腐臭を立てはじめていた。部屋には線香の煙が充満していたが、強烈な屍臭を消すことはできなかった。

女の顔は土気色《つちけいろ》をしており、白目を剝き、苦悶にさいなまれた表情をしていた。髪は元結《もとゆい》が切れ、ざんばらの乱れ髪になっている。

苦悶の表情さえしていなければ、目鼻立ちが整っており、生前は美しい女だったのだろう、と推測させる。

「女の身元は分かったのか？」

「はい。今朝方、女の連れ合いと称する男が番所に現れました。遺体を見て女房だと確認しました。女の名は、お妙《たえ》。夫は簪職人の弥助《やすけ》と名乗っていました」

お妙と弥助か。

文史郎は遺体を見下ろした。

「ご覧になりますか？」

小島は手拭いで鼻を抑えながらいった。

「うむ。斬り傷が見たい」

太刀傷を見れば、おおよその剣の流派や腕前が分かる。

文史郎も手拭いで鼻と口を覆い、込み上げてくる嘔吐《おうと》を抑えながら、小島が遺体にかけた薦を除けた。

莨蓙の上に、お妙は全裸にされて横たわっていた。

「斬り傷は二カ所あります。左肩から右脇腹までの袈裟懸けに斬られた跡と、太股を真横に斬られた跡です」

文史郎は遺体に屈み込み、まず袈裟懸けに斬られた傷跡を検分した。

それにしても、見事な斬り傷だった。何のためらいもなく、一刀のもとに斬り下している。滑らかな斬り傷は、一筋の赤い肉色の線となって、お妙の左肩から豊かな乳房の間を斜めに横切り、肺臓を切り裂いて、右脇腹に抜けていた。

手で触れずとも、肩の骨や肋骨がすっぱりと切り離されているのが分かる。

凄まじい斬り傷だ。以前、刑死した死体で据えもの斬りをした傷跡を検分したことがあったが、生きて動き回る人間を、このように無造作に真っ向袈裟懸けに斬り捨てるのは、並大抵の腕前ではない。

文史郎は斬り手のあまりの冷酷さに吐き気すら覚えた。

小島のいう通り、もう一カ所は両大腿部を真横に斬り払ったかのような傷跡だった。

こちらは斬り傷から血が大量に流れた跡があった。

文史郎は大腿部に屈み込み、斬り傷を丹念に調べた。目の前にお妙の黒々とした陰毛の翳があった。斬り傷は、その陰部の下、膝上五寸あたりを真横に過《よぎ》っている。

順序からして、まず袈裟懸けに斬り下ろし、その後にあらためてお妙の大腿部を横に撫で斬りにするとは、どうも考え難い。

斬り傷は浅く、大腿部の骨まで達していない。しかし、大腿部の前部の筋肉を撫で斬りにしており、これではお妙は逃げようにも動けなくなったはずだ。

動けなくなったお妙を前にして、冷静に大刀を振り上げ、袈裟懸けにする？

なぜ、辻斬りは、そんな二度手間をしたのか？　はじめから、一刀のもと斬り捨てればいいではないか。

文史郎ははっとして、もう一度大腿部の斬り傷を調べた。

「爺、この斬り傷、なんと見る？」

「はッ、しばし、お待ちくだされ」

左衛門もしゃがみ込み、大腿部の傷と袈裟懸けの傷を入念に調べていた。

「違いますな」

「うむ。二つの斬り傷が違う。二人がかりで斬っている」

「袈裟懸けは、小野派一刀流の遣い手。大腿部の撫で斬りは、おそらく柳生流の太刀筋かと。いずれもかなりの遣い手ですな」

「爺もそう見たか」

文史郎は一人うなずいた。

心の中に、むらむらと怒りの炎が燃え上がるのを抑えられなかった。

お妙はあの田安家当主の愛刀の試し斬りにされたのだ。

そのときの光景が目に浮かぶ。

暗がりに待ち伏せた侍たちが、一斉にお妙を取り囲む。お妙は恐怖にかられて逃げようとする。

行く手を阻んだ侍が大刀を抜く。恐怖に立ち竦むお妙。一閃して、侍の大刀がお妙の脚を撫で斬りにする。深からず浅からず、絶妙な剣技。

着物の前がはらりと垂れ下がり、お妙の腿の白い肌にどす黒い血が噴き出して流れる。

腿の筋肉を斬られたお妙は脚がもつれ、思うように動けない。

侍は低い声でいう。

「殿、いまでござる」

「うむ」

暗闇で待っていた人影が現れ、動けずにいるお妙の前に立つ。大刀が一閃し、お妙に袈裟懸けに斬り下ろす。お妙は声を上げる間もなく、真っ二つに切り裂かれる。

おのれ、許せぬ。田安慶壱の極悪非道。

おのれの遊び半分の享楽のために、何の科《とが》もない一人の女の命が絶たれたのだ。

文史郎は怒りで軀が震えるのを覚えた。

「殿、……」

左衛門が遺体に薦を掛け直した。

文史郎と左衛門は遺体に両手を合わせた。

鼻が屍臭に慣れてしまい、あまり気にならなくなっていた。

小島が驚いた。

「辻斬りは一人ではない、とおっしゃるのですか?」

「うむ。少なくても、二人はいる。ほかの被害者の斬り傷は、どうであった?」

「ほぼ同じように、いずれも二カ所の斬り傷がありましたな。一つは袈裟懸け、いま一つが足の臑《すね》や大腿部、なかには腹部を斬られた跡がありましたが」

「やはりな。同じ下手人の仕業だな。それでこれまで何件の辻斬りがあった?」

「この女を含めれば、五件になります」

「被害に遭ったのは、どのような人たちだった?」

「夜鷹が三人、夜鳴き蕎麦屋の老人が一人、岡場所帰りの男の酔っ払いが一人」

「場所は？」

「いずれも、真夜中、大川端の人気《ひとけ》のない場所で起こっています」

文史郎はあらためて薦を被せられたお妙の亡骸に目をやった。

「その弥助とやらに、事情を聞いたか？」

「一応、聞いております」

「なぜ、お妙さんは夜鷹に身を落としたのか？」

「夫の弥助は腕のいい簪師でしたが、去年、病に倒れ、簪作りができなくなってしまった。それから貧乏が始まって、親子三人は暮らしていけなくなった。それでやむなく妻のお妙さんが夜鷹になって、萬年橋あたりを縄張りにして身をひさぎ、一家の糊口を凌ぐようになったとのことでした」

「親子三人と申していたか？」

「はい」

文史郎は左衛門と顔を見合わせた。

「子供は男の子か、それとも女の子か？」

「男の子です」

「名前は？」

「確か、どこかに記したはずですので」

小島は書き付け帳を急いでめくった。

「ああ、ありました。子の名前は、増吉《ますきち》となってますね」

「いくつだと申していた？」

「さあ、そこまでは聞いておりません」

「弥助は、どこに住んでいると？」

「外神田と申してました」

小島は書き付け帳を開き、文史郎に見せた。

住所は神田の職人町だった。

弥助が住んでいる裏店の名を覚えた。

「なぜ、お妙さんは、神田界隈から、わざわざ大川のこちら側まで来て、夜鷹をしたのかのう？」

「神田の近くでは知り合いも多いし、お妙さんとしては世間体もあって、こちらへやって来たのでしょう。夜は萬年橋の下に繋いだ舟で春をひさぎ、舟に泊まって朝には自宅へ帰る生活だったようです」

文史郎は薦を被った遺体を見下ろした。

「ところで、弥助は遺体を番屋に預けたまま、引き取りに来ないのか」

「遺体を引き取る金がないので、役所の方で無縁仏として葬ってほしい、と申してました」

「無縁仏にのう。可哀想に」

文史郎はまた田安慶壱への怒りが燃え上がるのを覚えた。

「爺、あれを」

「はい」

左衛門は懐から、ずっしりと重そうな財布を出した。

「済まぬが、棺桶もちゃんとしたものに換えてくれぬか。どこかの寺の住職にお願いし、もそっとちゃんとした葬儀を出し、お妙殿を丁重に葬ってやってほしい」

「このお金で、お願いいたします」

左衛門は小島に懐紙に包んだ金子を渡した。

「分かり申した。上司に話し、至急に葬式の手配をいたしましょう。葬儀の日取りはいつに？」

「それは寺の住職と相談してくれ。葬儀が決まれば、弥助や子を連れて行く。お妙殿の亡骸を、よろしう頼む」

「はい。お任せあれ」

小島は快く引き受けてくれた。真実、実直で町方役人らしからぬ好漢だ、と文史郎は思った。

文史郎は、あらためて、祭壇に線香を上げ、合掌して、心の中で祈った。

お妙殿、おぬしの無念、きっと晴らしてやる。どうか迷わず成仏いたすように。

七

文史郎と左衛門は舟を仕立て、外神田界隈の職人町へ行った。お妙の亭主弥助に会うためだ。

いまごろ、大門は健坊を連れて、玉吉の舟で、大川を遡っているころだった。健坊に町の風景を見せ、家がある町の記憶を呼び起こそうとしているに違いない。

文史郎と左衛門を乗せた舟は、大川を横切って、神田川を遡った。

年季の入った船頭は、そのあたりの地理に詳しく、外神田の職人町の名を告げただけで、文史郎たちを連れて行った。

陸に上がり、同心の小島から聞いた富衛門《とみえもん》の裏店は、すぐには見つからなかったが、木戸番屋をいくつか尋ね歩くうちに、親切な木戸番の一人が案内してくれた。

弥助の長屋は油障子が閉じられたままで、中には人気《ひとけ》もなく留守だった。

文史郎と左衛門は隣近所に、弥助と息子の増吉の居場所を訊いて回ったが、誰も首を横に振るだけだった。

「弥助さんは病上《やみあ》がりでねえ。医者から家にじっとしていろ、といわれているのに、どこをほっつき歩いているのかねえ」

「お妙さんもお妙さんだよ。この三日ってえもの、家にも帰らずに、亭主や増坊をほったらかしにしておいてさ。増坊はひもじがっていたから、うちやお隣で面倒みてたけどさあ」

「いくら料理屋の仕事が忙しいっていったって、お妙さんは働いた日銭でも家に入れてやらなければねえ。亭主は働けないんだから、仕方ない。元気になるまでかみさんのお妙さんががんばらなくちゃあ。小さな増吉ちゃんが可哀想だよ」

裏店のかみさんたちは、文史郎と左衛門を取り囲み、まくしたてた。

「増坊はどんな子かだって？　ちょっと痩せ気味でねえ。手足が長く、ひ弱な子だよ」

「無口な子だねえ。でもねえ、結構利発な子で、それに、父《とう》ちゃん、母《かあ》ちゃん思いのいい子だった。その増坊がどうかしたのかい？」

「弥助さんは、増坊を連れて、ちょっと深川の親戚んとこへ行くっていってたけど、それっきり、まだ帰ってないもんね。お妙さんも帰って来ないしさ。お妙さんや弥助さんに何かあったんかい？　ねえ、おサムライさんたち、どうして、突然、弥助さんちを訪ねておいでだい？」

文史郎はお妙が辻斬りに遭って殺されたとはとても言えなかった。

この裏店の人たちの間では、まだお妙は活き活きと生きている。文史郎は、そのお妙の気配が残っている裏店の世界を乱したくなかったのだ。

左衛門が文史郎の心中を察したのか、帰りに大家の富衛門を訪ね、ことと次第を話した。驚く大家に金子を渡し、弥助が溜めていた店賃を全て支払い、さらに半年分を余分に納めておいた。

いずれ奉行所から連絡が入るだろうが、深川のしかるべき寺で、お妙さんの葬儀を行なうので、お別れをしたい裏店の住人は遠慮なく出てほしい、と告げた。

賑やかな富衛門裏店をあとにした文史郎と左衛門の足取りは重かった。一歩一歩が、辛くて哀しく、後ろ髪を引かれる思いがした。

八

文史郎と左衛門が長屋に帰ったとき、日が暮れて、あたりは真暗だった。

暗い行灯の光の中で、大門がぼんやりと寝そべって、文史郎の帰りを待っていた。

大門の疲れた表情から健坊を連れての町捜しが徒労に終わったのが分かった。

文史郎たちが帰って来たのを知った長屋のおかみさんたちは、次々に夕食の残りやご飯を運んで来てくれた。

文史郎たちは、おかみさんたちに感謝しながら、夕食を食べた。

ひとしきり、食事の騒ぎが終わったあと、文史郎と左衛門は、濁り酒《どぶろく》を飲みながら、今日一日にあったことを大門に話して聞かせた。

「そうでしたか。では、健坊は、殺された夜鷹のお妙の息子増吉だというのですかの」

文史郎はうなずいた。

「父親の弥助に会って確かめなければならんが、おそらく、増吉に間違いないと思う」

「それにしても、けしからん。お妙さんを斬った、その田安慶壱という殿様、それがしも、久しぶりに腹が立つ。許せぬ」

大門は酒の酔いもあって、顔に色をなしてつぶやいた。

「それで、権兵衛の話、引き受けたのか？」

「うむ。すでに前金を受け取った。五百両をせしめることで、権兵衛も相手にかけあうと約束した。田安家は主君のご乱行に困っている。まず五百両でも呑む」

「もっとふっかけてもよかったではないか」

「かもしれん。だが、ほかの相談人が出ては元も子もない」

文史郎は左衛門に促した。左衛門は黙って財布を出し、懐紙に包んだ十両を大門に手渡した。

「おぬしの前金だ」

「かたじけない」

大門は金子の包みを推しいただくようにして、懐へねじ込んだ。

戸外にばたばたと足音が響いた。油障子ががらりと引き開けられ、万吉の真赤な顔が覗いた。

「おお殿様、帰《けえ》っていたかい。よかったよかった」

万吉は酒臭い息を吐きながら、部屋に入って来た。

「ご機嫌だな。そんなに酔って、かみさんに叱られないか」

大門がからかった。万吉はよろけて上がり框に倒れ込んだ。

「そのかみさんに、すぐに行って来いといわれて、こっちへ飛んで来たんでさあ」

「やはり、かみさんに追い出されたのか」

文史郎は笑い、濁酒の杯を差し出した。

「まあ、呑め」

「殿様、それどころじゃねえんで。仕事を終えた帰りに、いつもの店で一杯やったと思ってくんなせえ」

万吉は、そういいながら、文史郎が差し出した杯を受け取り、濁酒をごくりと呑み干した。

「ほう。それで？」

「酔っ払ったら思い出したんでさあ、はっきりと。健坊を預かって、そのまんま舟ん中で寝ちまったあたりのことをね」

「そうか。いったい、何があったのだ？」

文史郎は思わず身を乗り出した。左衛門も大門も、濁酒を呑む手を休めて、万吉の話に聞き入った。

万吉は、その夜、親方や左官仲間たちと仕事の打ち上げで呑んだ。呑んだ勢いで、仲間たち四人と、舟で深川の岡場所にくり出した。

ところが岡場所は、なぜか日和《ひより》がよかったのか、大賑わいだった。四人は馴染みの敵娼《あいかた》が来るのを呑みながら待っていたが、待てど暮らせど敵娼は現れない。

万吉は、そのうち、すっかり酔っ払ってしまい、待つのも馬鹿らしくなり、一人だけ先に帰ることにした。

外はとっぷりと日が暮れて、岡場所帰りの舟もない。仕方がないので、ともかく大川端の萬年橋まで出ようと、小名木川沿いの道をとぼとぼと歩いた。

空には一面分厚い雲が拡がり、月は上がっているのだが、雲間から出たり入ったりで、月明りもおぼろだった。

萬年橋まで来ると、柳の下からぬっと人影が現れた。どきっとして見ると、月明りにもきれいな夜鷹の女だった。

「ちょっと、旦那、寄ってらっしゃいよ」といわれて、万吉はふらふらっと女の誘いに乗った。

岡場所で敵娼に振られたこともあり、酒に酔いすぎ、どこかで一休みしたいこともあって、万吉は女に誘われるまま、橋の下に繋がれた舟の一つに乗り込んだ。

「ちょいと、おまえさん、仕度があるから、ちょっと休んでいて」

万吉は眠いこともあって、「あいよ」と聞き流し、舟の中にあった薦を被って横になった。きっと夜鷹が催して、どこかへ小便でもしに行ったのだろう、と思い、そのまま半分眠りながら、待っていた。

そのとき、稲荷社の方で人の騒ぎがあった。悲鳴も上がったように思ったが、誰か喧嘩でもしているんだろう、とそのまま出ていかず、薦の下でうとうとしていた。

橋の上を走り回る足音がし、橋の下まで降りて来る人の気配もあったが、面倒なのでじっと寝ていた。

しばらくしたら、静かになった。一向に夜鷹は来ないので、また振られちまったか、と思い、そのまま明け方まで寝ていようと思った。

そうしたら、また橋の下に降りて来る人の気配がしたんで、ようやく夜鷹が来たか、と顔を出したら、子連れの男が幽霊のように立っていた。

その男は夜目にも瘦せた病人のような男で、男の子を抱き、おいおいと泣いていた。

万吉はへべれけに酔っていたが、訳を聞くと、そいつは夜鷹の連れ合いとかで、弥助といい、いま上でかみさんの夜鷹が大勢の侍たちに斬り殺されたという。

弥助は、かみさんを斬ったやつらのあとをつけ、どこの連中かを突き止めるという。弥助は戻ってくるまで、しばらく、この子を預かって隠れていてくれ、といった。

子供はぶるぶる震えていて、恐くて口も利けない様子だった。

万吉は酔っていることもあって、容易には弥助の話が信じられなかった。だが、眠さが先に立ち、まあいいかと、その子を抱いたまま、舟の中でまたぐっすりと眠ってしまっていた。

翌朝、万吉は誰かに声をかけられ、目を覚ましたら、舟は大川を漂っていた。橋桁に繋いであった紐が、どうしたはずみにか解けて、舟は小名木川を流れ出たらしい。通りかかりの舟の船頭が、竿で船縁を叩いて、寝ていた万吉を起こしてくれたのだった。

万吉は気がつけば、見知らぬ子供といっしょだった。その子供も目を覚まし、きょとんとしていた。

万吉はいくら、その子に昨夜何があったのか、訊いても男の子は黙っていて話さなかった。

これが万吉が思い出したおおまかないきさつだった。

「橋の近くで辻斬り騒ぎがあったのに、よく気がつかなかったな」

大門が呆れた声でいった。万吉も頭を掻いた。

「あっしは酔っ払うと、ほんと、何が何だか、訳が分かんなくなってしまうんでさ。矢でも鉄砲でも持って来いってなっちまって。そうなると、何をやったのか、まったく覚えてないんです。それで、時々、家に爺さん乞食を連れ帰ったり、どこで拾ったか知らないが、猫や犬の子を持って帰ったり、あるときには、知らない女を連れ帰ったり。それで、かみさんから、大目玉を喰らって、しばらく酒が呑めなくなるんでさあ」

「ほんとに、その男は弥助といったのか？」

文史郎は念を押した。

「へえ。確かに」

「そのとき、預ける子供の名はいわなかったのか？」

左衛門が訊いた。

「いってました。たしか、増吉と。いま思い出しやした。ちくしょうめ、いまごろ思い出しやがった」

万吉は大門に注がれた濁酒をぐいっとあおりながら、ふーっとため息をついた。

「それにしてもだ。どうして弥助は夜中に、子供も連れてかみさんの仕事場なんかにいたのだ？」

「このところ夜鷹が二人辻斬りに殺されたってんで、弥助は心配でたまらず来てたっていってやしたね」

文史郎は声を低めていった。

「爺、間違いなかったな」

「そうですな」

左衛門は湿った声で応えた。

文史郎はふと嫌な予感を覚えた。

「弥助を探さねばならぬな。もしかすると、弥助は、かみさんの仇を討つつもりかもしれぬ」

「無理だろう。相手は、小野派一刀流の遣い手だろう？　それにお付の柳生衆もいる」

大門が頭を振った。

「いや、それでも弥助はやろうとするだろう？」

「殿、どうして、弥助がそのような行動に走るとお考えか？」

左衛門が訝った。文史郎は吐息をついた。

「弥助は斬られて死ぬつもりだ。でなかったら、預けた増吉を探すはずだろう。弥助はいったん戻ったが、増吉を抱いたまま、ぐっすり寝込んでいる万吉を見て、増吉をそのまま預ける決心をしたのだろう。そして、舟の紐を解いた。死ぬつもりでなかったら、そんなことはするまい」

「なるほど」

大門も左衛門も深々とうなずいた。

「べらんべえ。何をくよくよ話をしているんでえ。通夜じゃあるめいし。もう酒はないのか、酒は」

万吉だけが座った目をして、怪気炎を上げていた。

九

薦に包まれた弥助の死体が大川に上がったのは、数日後のことだった。

同心の小島の連絡を受け、文史郎も死体の検分に立ち合ったが、弥助はものの見事に一太刀で斬られていた。

左肩から右腹部にかけ、袈裟懸けに斬り下ろした刀傷だった。

しかし、よく調べると、お妙の刀傷とは微妙な違いがあった。肩に斬り込んだ角度が、お妙のときよりも鋭角になっており、まるで真っ向唐竹割りにしようとしたみたいだった。

「辻斬りの連中と違いますか？」

小島が文史郎に訊いた。

「いや、同じ連中だ。ただ弥助を斬った侍は、お妙を斬ったやつとは違う。この太刀筋は柳生のそれだ」

「柳生ですか。では、もしかして」

「それ以上は口に出すな。どこに聞き耳を立てている御仁がいるとも限らない。おぬしも知れば命を狙われるぞ」

「………」

小島は身震いし、黙った。

文史郎は左衛門と大門を促し、大川端の土手を降りた。小島と岡っ引きたちもいっしょだった。

町方の役人たちが薦に包まれた弥助の死体を片づけはじめた。

文史郎は立ち止まり、小島を待った。

「何か」

「弥助の葬儀も頼む。お妙と同じ墓に入れるように手配してくれ」

「分かりました」

左衛門が金子の包みを小島に手渡した。

文史郎は小島や岡っ引きたちに向き直った。

「それから、おぬしたちに少し手伝ってほしいことがある」

「何でしょうか？」

「ここしばらく辻斬りが出ていない。辻斬りで人斬りの味をしめたやつが、そろそろ、腕がむずむずして我慢できなくなっているころだ」

「なるほど。では捕り方を巡らせて、用心にあたらせましょう」

「そこで頼みがある。一カ所を除いて、これまで辻斬りがあった場所すべてに捕り方を配置してほしい」

「一カ所だけ除くのですか？」

「そこへ、誘い込む。やつらも捕り方がうろうろするところへ、のこのこと姿は現さぬ。夜中、捕り手たちがいないところがあれば、そこへ現れるはずだ」

「しかし、それでは辻斬りを捕まえることができませんが」

「おそらく敵は町方の役人には手にあまる連中だ。おぬしたちが捕ろうとしても、敵は手強い。さらに葵の紋に隠れようとするだろう。それは、拙者が許さぬ。おぬしたちの手出しは無用。拙者たちが、辻斬りを成敗いたす」

小島はじっと文史郎を見つめた。

「承知しました。我ら町方一同、殿を信頼申し上げます」

「待て、小島殿、それがしは、殿ではないぞ。ただの一介の素浪人だ。それを忘れるでないぞ」

「分かっております。殿」

小島はにっと爽快に笑った。

左衛門も大門もにやにやしながら大川の流れに目をやっていた。

十

天空に細い三日月がかかっていた。

雲が流れ、時折、月にかかっては、あたりを暗がりにする。

大川の水面に三日月がほのかな光を散らしていた。

小名木川にかかった萬年橋はひっそりと暗がりに沈んでいた。

文史郎は稲荷社の陰に隠れ、萬年橋の袂を窺った。

橋の袂に、夜鷹に扮したさくらが一人佇んでいた。

信濃長野藩の御庭番のさくらは文史郎の依頼に、危険を承知で、すぐ応じてくれた。

剣術に心得のない素人女を囮《おとり》にするのは危険過ぎる。御庭番のさくらなら、相手が腕の立つ剣客でも一太刀や二太刀受けても逃げる術を知っている。

敵はあなどれないが、文史郎や大門が駆けつける時間を、さくらが稼いでくれればいい。

文史郎は社の陰に気配を消してしゃがみ、敵が出てくるのを待ち受けていた。

萬年橋の下には大門が気配を消して潜んでいる。

左衛門は橋の下に隠した舟に乗って待機している。漕ぎ手は玉吉だ。

同心の小島も萬年橋を渡った対岸に、忠助たちといっしょに待機していた。

さくらか、文史郎が一声上げて合図すれば、大門も左衛門も駆けつける手筈になっている。

さっきまでは、橋を渡って、家に帰ろうとする酔客たちが、橋の袂に立つ夜鷹姿のさくらに卑猥な言葉をかけたり、手を引いて木陰に連れ込もうとしたりしたが、いまはそうした酔っ払いの姿もない。

張り込みを続けて三日になった。

その間に、弥助とお妙の葬式を滞りなく済ませ、近くの寺の墓地に二人いっしょに葬った。

葬式には、富衛門裏店の住民だけでなく、安兵衛長屋の住民も駆けつけ、しめやかだったが、いささか賑やかな葬儀が執り行なわれた。

まだ初七日にもなってない。文史郎は初七日が来ぬうちに、辻斬りたちを成敗したいと思っていた。そうすれば、弥助やお妙の供養になろう。

今夜が、その最後の日だ。

来い、田安慶壱、出て来い。

文史郎は必死に心に念じていた。

どこかで、人の動く気配がした。

文史郎は四方に聞き耳を立てた。音ではなく、気配を察知しようとした。

大川端の小さな広場に、いつの間にか、黒い影がひとつ、ふたつと現れた。

やはり舟だ。予想した通り、敵は舟を使ってやって来たのだ。

大川端の船着き場に、敵は舟を着け、上陸する。きっと最後に上がって来るのが、敵の総大将田安慶壱に違いない。

　上陸した黒い影は、六つになって散開した。

　文史郎は、そろそろと移動し、鳥居の陰に入った。そこから、さくらが立っている場所まで、五間もない。

　さくらは気づいていないのか、あるいは気づいていても知らぬ顔をして、橋の袂の前を行ったり来たりしている。

　散開した六つの黒い影は、ひたひたと足音を忍ばせて小さな広場を横切り、さくらに近づいて来る。

　大川の岸辺から、最後にもう二つ、人影が現れた。

　一人は動きもゆったりとした恰幅のいい人影。いま一人は、中肉中背のがっしりとした体格の影だった。大きな影に付き添うように動いている。

　文史郎は、恰幅のいい人影を田安慶壱と見た。もう一人は体付きと姿勢からみて、あの番頭平岡玄磨に違いない。文史郎は大刀の鯉口を切った。

　六つの影は、さくらを取り囲んだ。

「あら、あんたたちみんな揃いも揃って、いったい何者なの？」

　さくらがのんびりとした艶のある声で、影たちをいなした。

「黙れ、夜鷹。こっちへ来い」

影たち全員がずらりと刀を抜いた。

「何をするの！　辻斬り！」

合図だ。

「おう！」

一瞬にして、橋の下から大門の影が飛び出した。

文史郎は腰の大刀を押さえ、さくらに突進した。振り返った影に抜き打ちで、左腕を斬り落とした。

小島たちが喊声を上げながら、萬年橋を渡って来る。

大門は天秤棒を振り回し、たちまちに二人の影を叩きのめした。

文史郎はさくらに斬りかかっていた影の一人の胴を峰打ちで叩き払った。

肋骨の折れる音が聞こえ、影はその場に胸を押さえて蹲《うずくま》った。

さくらは、と見ると、斬りかかった黒影の刀を懐剣で受けとめ、くるりと回転するや、黒影を地べたに投げ飛ばしていた。大門がもう一人を天秤棒で打ち倒した。

ようやく小島たちが駆け込み、倒れている影たちを取り押さえた。

「よし。大門、あとを頼むぞ！」

文史郎は川端に残った二つの影に突進した。

逃げようとする人影に、舟で船着き場に回りこんだ左衛門が仁王立ちし、抜刀しながら大音声を立てた。

「おのれら辻斬りども、天に代わって、それがしが成敗いたす」

二つの影が一瞬止まった。

恰幅のいい人影を背に庇って、もう一人の影が刀を抜きながら怒鳴った。

「下郎ども！　控えおろう！　畏れ多くも、こちらは徳川御三卿の一家田安慶壱様だぞ！」

「どっちが下郎だ！　薄汚い辻斬り野郎め。そんなやつが徳川御三卿なんて、情けなくって泣けてくる」

文史郎は抜き身の大刀を返した。もう峰打ちは不用だ。

「だ、黙れ。葵の紋に逆らうのか！　不届き千万」

「だから、許せないんだ。何が葵の紋だ。拙者だとて、葵の紋に縁のある者だ。おい、田安慶壱。今夜という今夜は、もう許せない。天に代って成敗いたす。そこへ直れ」

恰幅がいい人影が身じろいだ。

「う、おのれ、何者だ」

「聞かれて名乗るのもおこがましいが、拙者は、天下の素浪人大館文史郎、またの名を松平文史郎」

「な、何だ、素浪人の分際で。平岡玄磨、この者どもを斬れ」

田安慶壱は怒声を上げた。

平岡玄磨は大刀を八双に構えた。

「おのれ、文史郎、御相手いたそう」

文史郎は逆八双に構えた。

「平岡玄磨、おぬしは駄目な侍だ。腕は立つが、そんな田安慶壱などの馬鹿殿に付いたりしていて。情けないと思わないか」

「問答無用」

「そちらはそうでも、こっちには言いたいことがたくさんある。おぬしがお妙さんの脚を斬り、殿様の斬りやすいように差し出したのだろうが？」

「…………」

「そこまで殿のご機嫌を取る剣客がいるか！　藩の指南役の名が泣く」

「おのれ、いわせておけば」

平岡玄磨は一気に跳んだ。間合いが詰まり、一足一刀になった。跳びながら上段に大刀を振りかざした。

文史郎は平岡玄磨の太刀の動きを見切った。逃げずに大刀を打ち落とし、刃を返すと同時に平岡玄磨の左胸へ突き入れた。

紙一重で平岡玄磨の刀が文史郎の左袖を切り裂いて抜けた。

平岡玄磨の胸から血飛沫が飛んだ。

平岡玄磨の軀が文史郎の足下に崩れ落ちた。

「止《とど》めだ！」

文史郎は大刀の刃を平岡玄磨の首にあて、撫で斬りにした。ぱっくりと口を開いた傷口から、黒い血潮がどっと噴き出した。

「これは、おまえに殺されたお妙と弥助の仇討ちだ。思い知れ」

文史郎は田安慶壱に向き直った。

慌てて逃げようとした田安慶壱の前に、左衛門が立ち塞がった。

「おのれ、逃がさぬぞ。爺が身命にかけて、お引き留めする」

「おのれ、どけ」

田安慶壱はいきなり、左衛門に抜刀して、斬りかかった。

左衛門はひらりと船着き場から舟に飛び移った。玉吉が巧みに舟を操り、岸から舟を離した。

「田安慶壱、尋常に立ち合え。おぬしも、小野派一刀流を身に付けた手練だろう」

田安慶壱は文史郎に向き直った。

「おのれ、よくも、余を愚弄しおって!」

「田安慶壱、もう将軍職に着く野心はあきらめるんだな。おまえのような人でなしに天下の御政道を任せたら、この世も闇だ」

田安慶壱は上段から、いきなり文史郎に斬りかかった。

さすが強烈な一の太刀だった。太刀が風を切って文史郎の耳元を過《よぎ》った。

文史郎はすかさず大刀の鎬で大刀を受け流し、返す刀を田安慶壱の胴に入れた。

田安慶壱はその刀を打ち下ろした。ついで、文史郎の胸元に剣先を突き入れて来た。

文史郎は、その剣先を切り落とした。と同時に田安慶壱の伸びた腕を叩き斬った。

悲鳴が上がった。

田安慶壱の右腕の手首が刀もろとも、地べたに転がった。

田安慶壱は血潮が噴き出る手首を押さえて悲鳴を上げた。

「斬れ。余を斬れ!」

田安慶壱は涙を流しながら、怒鳴った。

文史郎は大刀を振り、血を払った。

「お断り申す。苦しむだけ苦しまれよ。おぬしのおかげで、死んでいったひとたちが、どんなに苦しかったか、思い知るがいい」

「お見事、お見事！」

大門が拍手をしていた。

さくらも小島も賞賛していた。

突然、どこからか、何人もの人影が提灯を掲げて現れた。

「何やつ」

大門や小島が身構えた。

それに構わず、二、三人の侍たちが田安慶壱に駆け寄った。

「と、殿」「殿、おいたわしや」

「…………」田安慶壱は呻くだけだった。

田安慶壱は彼らに抱えられた。

四人の陸尺に担がれた駕籠が現れた。田安慶壱は、その駕籠に担ぎ込まれた。

一人の老侍が文史郎の許にしずしずと歩み寄った。

「文史郎殿、今回はまことかたじけなかった。あれで、きっと殿も御乱行をおやめになることでしょう」

「そう願いたいね。それにしても、御家老、おぬしたちも大変だのう。あんな馬鹿殿様を奉ってのう」

文史郎は吐き捨てるようにいった。

「まったく。では、これにて御免」

家老らしい老侍は笑い、踵を返すと、駕籠のあとを追って走って行った。

十一

安兵衛長屋に、いつもの平穏な日々が戻った。

いつもどこかの夫婦が始める夫婦喧嘩で一日が明け、また夕方に別の家の夫婦喧嘩で一日が終わる。

どこか遠くで祭り囃子《ばやし》が鳴っている。

そろそろ夏祭りが始まるというのか。

文史郎はのんびりとした気持ちで、行灯の下で論語に目を通していた。

どこからか、赤ん坊の泣き声と、それをあやす声も聞こえる。

爺が台所でご飯を炊いている音がする。

まもなく、近所のおかみさんたちが、夕飯のおかずを持って押しかけてくる。

文史郎はため息をついた。

これはこれでいいのだろう。

文史郎は論語の冊子を閉じて、目を瞑った。

その後、深川界隈に辻斬りはまったく出なくなった。

大目付の兄から聞いた話では、田安家では当主の慶壱が病気のため、息子に家督を譲り、隠居したということだった。

時を同じうして、口入れ屋の権兵衛から、成功報酬の五百両が文史郎の許に届けられた。

田安家の御家老から口頭で、過分なお誉めの言葉があり、権兵衛は大喜びだった。

これで相談人の評判が高まり、きっといい仕事が続々と入って来るだろう、とほくほく顔でいうのだった。

「お晩です。殿様はおいでかい」

油障子ががらりと開き、おきみが入って来た。

「ああ。おきみさんか」

「今日はねえ。江戸湾のあなごが入ったんでねえ。あなごの蒸し焼きを持って来ましたよ」

あなごの蒸し焼きの匂いがぷんぷんしている。

「おお、旨そうだのう。ありがとう、かたじけない」

文史郎は喜んであなごの皿を受け取った。

左衛門が台所から顔を出した。

「おお、いつもいつも、おきみさん、ありがとう」

「そうそう。大門さんが、一人で食べるのはおいしくない、といって、こちらへ来るそうですよ」

という間もなく、大門がどかどかと下駄を踏み鳴らして、土間に入って来た。

続いて、帰ったばかりの万吉が、増吉を肩車して現れた。

「あらあら、あんた。もうお帰りかい。仕事をほったらかして帰って来たんじゃないだろうね」

「あたぼうよ。仕事は仕事だ。増坊が熊野神社の祭りに行きたいってえのに、酒くらって遅くなったら、可哀想だろうが。なあ、増坊」

「ちゃん、早くお祭りへ行こうよ」

増坊が元気に騒いだ。

「ねえ、お聞きかい。増坊は、亭主の万吉をちゃんと呼ぶようになったんですよ。うれしくってうれしくって」

おきみは袖を目にあてた。

「おかん、なんで泣いていんだ？　おかんもいっしょに祭りに行く約束じゃないか」

増吉が大声でいい、万吉の頭を祭り囃子が聞こえる方角へ向けた。

「ねえ、殿様、お聞きかい。あたしのことをおかんと呼ぶんだよ。嬉しいじゃないかい。まるで、健太が帰って来たみたいだ」

おきみは涙ぐみながらいった。

「よかったのう。よかった」

文史郎も喜んでいった。鼻の奥がつんとしていた。

「おい、坊主。わしも、飯を食ったら、祭りに行くから、おかんやちゃんといっしょに先に行ってろよ」

大門が可笑《おか》しくもないのに、髭面を崩して笑った。大門の目にもきらりと光るものが見えた。

「うん、ちゃん、おかん、早く行こう」

増吉は見違えるような元気な子になっている。

万吉とおきみは、増吉を連れて、長屋の路地に出て行った。

文史郎は天にいるお妙と弥助に、どうか、増吉や万吉おきみ夫婦の幸せを、見守ってやっていてくれ、と心の中で祈った。

祭り太鼓が遠く近くに響いていた。

明日も、暑くなるなあ、と文史郎は祭り囃子を聞きながら思うのだった。

二見時代小説文庫

剣客相談人《けんかくそうだんにん》 長屋《ながや》の殿様《とのさま》 文史郎《ぶんしろう》

著者　森《もり》 詠《えい》

発行所　株式会社 二見書房
東京都千代田区三崎町二－一八－一一
電話　〇三－三五一五－二三一一［営業］
〇三－三五一五－二三一三［編集］
振替　〇〇一七〇－四－二六三九

印刷　株式会社 堀内印刷所
製本　ナショナル製本協同組合

 ISBN978－4－576－10153－8
http://www.futami.co.jp/

狐憑きの女 剣客相談人2

森 詠［著］

一万八千石の殿が爺と出奔して長屋暮らし。人助けの万相談で日々の糧を得ていたが、最近は仕事がない。米びつが空になるころ、奇妙な相談が舞い込んだ…。

赤い風花《かざはな》 剣客相談人3

森 詠［著］

風花の舞う太鼓橋の上で旅姿の武家娘が斬られた。瀕死の娘を助けたことから「殿」こと大館文史郎は巨大な謎に立ち向かう！ 大人気シリーズ第3弾！

乱れ髪残心剣 剣客相談人4

森 詠［著］

「殿」は、大川端で心中に見せかけた侍と娘の斬殺死体を釣りあげてしまった。黒装束の一団に襲われ、御三家にまつわる奥深い事件に巻き込まれていくことに…！

剣鬼往来 剣客相談人5

森 詠［著］

殿と爺が住む八丁堀の裏長屋に男装の女剣士が来訪！大瀧道場の一人娘・弥生が、病身の父に他流試合を挑む凄腕の剣鬼の出現に苦悩、相談人らに助力を求めた！

夜の武士《もののふ》 剣客相談人6

森 詠［著］

殿と爺が住む裏長屋に若侍を捜してほしいと粋な辰巳芸者が訪れた。書類を預けた若侍が行方不明なり、相談人らに捜してほしいと…。殿と爺と大門の剣が舞う！

笑う傀儡《くぐつ》 剣客相談人8

森 詠［著］

両国の人形芝居小屋で観客の侍が幼女のからくり人形に殺される現場を目撃した「殿」。同じ頃、多くの若い娘の誘拐事件が続発、剣客相談人の出動となって……

進之介密命剣 忘れ草秘剣帖1
森詠［著］

開港前夜の横浜村近くの浜に、瀕死の若侍を乗せた小舟が打ち上げられた。回船問屋の娘らの介抱で傷は癒えたが記憶の戻らぬ若侍に迫りくる謎の刺客たち！

流れ星 忘れ草秘剣帖2
森詠［著］

父は薩摩藩の江戸留守居役、母、弟妹と共に殺されていた。いったい何が起こったのか？記憶を失った若侍に明かされる驚愕の過去！大河時代小説第2弾！

孤剣、舞う 忘れ草秘剣帖3
森詠［著］

千葉道場で旧友坂本竜馬らと再会した進之介の心に疾風怒涛の魂が荒れ狂う。自分にしかできぬことがあるやらずにいたら悔いを残す！好評シリーズ第3弾！

影狩り 忘れ草秘剣帖4
森詠［著］

江戸城大手門はじめ開明派雄藩の江戸藩邸に脅迫状が張られ、筆頭老中の寝所に刺客が……。天誅を策す「影法師」に密命を帯びた進之介の北辰一刀流の剣が唸る！

神の子 花川戸町自身番日記1
辻堂魁［著］

浅草花川戸町の船着場界隈、けなげに生きる江戸庶民の織りなす悲しみと喜び。恋あり笑いあり人情の哀愁あり、壮絶な殺陣ありの物語。大人気作家が贈る新シリーズ！

女房を娶《めと》らば 花川戸町自身番日記2
辻堂魁［著］

奉行所の若い端女《はしため》お志奈の夫が悪相の男らに連れ去られてしまう。健気なお志奈が、ろくでなしの亭主を救い出すため、たった一人で実行した前代未聞の謀挙とは…！

二見時代小説文庫

日本橋物語　蜻蛉屋お瑛
森 真沙子［著］

この世には愛情だけではどうにもならぬ事がある。土一升金一升の日本橋で店を張る美人女将が遭遇する六つの謎と事件の行方……心にしみる本格時代小説

迷い蛍　日本橋物語2
森 真沙子［著］

御政道批判の罪で捕縛された幼馴染みを救うべく蜻蛉屋の美人女将お瑛の奔走が始まった。美しい江戸の四季を背景に人の情と絆を細やかな筆致で描く第2弾

まどい花　日本橋物語3
森 真沙子［著］

〝わかっていても別れられない〟女と男のどうしようもない関係が事件を起こす。美人女将お瑛を捲き込む新たな難題と謎…。豊かな叙情と推理で描く第3弾

秘め事　日本橋物語4
森 真沙子［著］

人の最期を看取る。それを生業とする老女瀧川の告白を聞き、蜻蛉屋女将お瑛の悪夢の日々が始まった…。なぜ瀧川は掟を破り、触れてはならぬ秘密を話したのか？

旅立ちの鐘　日本橋物語5
森 真沙子［著］

喜びの鐘、哀しみの鐘、そして祈りの鐘。重荷を背負って生きる蜻蛉屋お瑛に春遠き事件の数々…。円熟の筆致で描く出会いと別れの秀作！叙情サスペンス第5弾

子別れ　日本橋物語6
森 真沙子［著］

風薫る初夏、南東風と呼ばれる嵐が江戸を襲う中、二人の女が助けを求めて来た……。勝気な美人女将お瑛が、優しいが故に見舞われる哀切の事件。第6弾！

やらずの雨 日本橋物語7
森 真沙子［著］

出戻りだが病いの義母を抱え商いに奮闘する通称とんぼ屋の女将お瑛。ある日、絹という女が現れ、紙問屋若松屋主人誠蔵の子供の事で相談があると言う。

お日柄もよく 日本橋物語8
森 真沙子［著］

日本橋で店を張る美人女将お瑛に、祝言の朝に消えた花嫁の身代わりになってほしいという依頼が……。多様な推理小説を追究し続ける作家が描く下町の人情

桜《はな》追い人 日本橋物語9
森 真沙子［著］

美人女将お瑛のもとに、岡っ引きの岩蔵が凶報を持ち込んだ……「両国河岸に、行方知れずのあんたの実父が打ち上げられた」というのだ。シリーズ第9弾！

冬蛍 日本橋物語10
森 真沙子［著］

天保の改革で吹き荒れる不況風。日本橋も不況風が……。賑わいを取り戻す方法を探す、女将お瑛の活躍！天保の改革に立ち向かう江戸下町っ子の人情と知恵！

枕橋の御前 女剣士 美涼1
藤 水名子［著］

島帰りの男を破落戸から救った男装の美剣士・美涼と剣の師であり養父でもある隼人正を襲う、見えない敵の正体は？ 小説すばる新人賞受賞作家の新シリーズ！

姫君ご乱行 女剣士 美涼2
藤 水名子［著］

三十年前に獄門になったはずの盗賊と同じ通り名の強盗が出没。そこに見え隠れする将軍家ご息女・佳姫の影。隼人正と美涼の正義の剣が時を超えて悪を討つ！

栄次郎江戸暦　浮世唄三味線侍
小杉健治［著］
吉川英治賞作家の書き下ろし連作長編小説。田宮流抜刀術の達人矢内栄次郎は部屋住の身ながら三味線の名手。栄次郎が巻き込まれる四つの謎と四つの事件。

間合い　栄次郎江戸暦2
小杉健治［著］
敵との間合い、家族、自身の欲との間合い。一つの印籠から始まる藩主交代に絡む陰謀。栄次郎を襲う凶刃の嵐。権力と野望の葛藤を描く傑作長編小説。

見切り　栄次郎江戸暦3
小杉健治［著］
剣を抜く前に相手を見切る。過てば死…。何者かに襲われた栄次郎！彼らは何者なのか？なぜ、自分を狙うのか？武士の野望と権力のあり方を鋭く描く会心作！

残心　栄次郎江戸暦4
小杉健治［著］
吉川英治賞作家が〝愛欲〟という大胆テーマに挑んだ！美しい新内流しの唄が連続殺人を呼ぶ……抜刀術の達人で三味線の名手栄次郎が落ちた性の無間地獄

なみだ旅　栄次郎江戸暦5
小杉健治［著］
愛する女を、なぜ斬ってしまったのか？三味線の名手で田宮流抜刀術の達人矢内栄次郎の心の遍歴……吉川英治賞作家が武士の挫折と再生への旅を描く！

春情の剣　栄次郎江戸暦6
小杉健治［著］
柳森神社で発見された足袋問屋内儀と手代の心中死体。事件の背後で悪が哄笑する。作者自身が〝一番好きな主人公〟と語る吉川英治賞作家の自信作！

神田川斬殺始末　栄次郎江戸暦7

小杉健治［著］

三味線の名手にして田宮流抜刀術の達人矢内栄次郎が連続辻斬り犯を追う。それが御徒目付の兄栄之進を窮地に立たせることに……兄弟愛が事件の真相解明を阻むのか！

明《あけ》烏《がらす》の女　栄次郎江戸暦8

小杉健治［著］

栄次郎は深川の遊女から妹分の行方を調べてほしいと頼まれる。やがて次々失踪事件が浮上し、しかも自分の名で女達が誘き出されたことを知る。何者が仕組んだ罠なのか？

火《か》盗《とう》改《あらた》めの辻　栄次郎江戸暦9

小杉健治［著］

栄次郎は師匠の杵屋吉右衛門に頼まれ、兄弟子東次郎宅を訪ねるが、まったく相手にされず疑惑と焦燥に苛まれる。東次郎は父東蔵を囲繞する巨悪に苦闘していた……

大《おお》川《かわ》端《ばた》密会宿　栄次郎江戸暦10

小杉健治［著］

〝恨みは必ず晴らす〟という投げ文が、南町奉行所筆頭与力の崎田孫兵衛に送りつけられた矢先、事件は起きた。しかもそれは栄次郎の眼前で起きたのだ！

北瞑の大地　八丁堀・地蔵橋留書1

浅黄斑［著］

蔵に閉じ込めた犯人はいかにして姿を消したのか？　岡っ引き喜平と同心鈴鹿、その子蘭三郎が密室の謎に迫る！　捕物帳と本格推理の結合を目ざす記念碑的新シリーズ！

蔦《つた》屋でござる

井川香四郎［著］

老中松平定信の暗い時代、下々を苦しめる奴は許せぬと反骨の出版人「蔦重」こと蔦屋重三郎が、歌麿、京伝ら「狂歌連」の仲間とともに、頑固なまでの正義を貫く！

公家武者 松平信平《のぶひら》 狐のちょうちん

佐々木裕一［著］

後に一万石の大名になった実在の人物・鷹司松平信平。紀州藩主の姫と婚礼したが貧乏旗本ゆえ共に暮せない。町に出ては秘剣で悪党退治。異色旗本の痛快な青春

姫のため息 公家武者 松平信平2

佐々木裕一［著］

江戸は今、二年前の由比正雪の乱の残党狩りで騒然。背後に紀州藩主頼宣追い落としの策謀が……。まだ見ぬ妻と、舅を護るべく公家武者の秘剣が唸る。

四谷の弁慶 公家武者 松平信平3

佐々木裕一［著］

千石取りになるまでは信平は妻の松姫とは共に暮せない。今はまだ百石取り。そんな折、四谷で旗本ばかりを狙い刀狩をする大男の噂が舞い込んできて……。

暴れ公卿 公家武者 松平信平4

佐々木裕一［著］

前の京都所司代・板倉周防守が黒い狩衣姿の刺客に斬られた。狩衣を着た凄腕の剣客ということで、疑惑の目が向けられた信平に、老中から密命が下った！

千石の夢 公家武者 松平信平5

佐々木裕一［著］

あと三百石で千石旗本。信平は将軍家光の正室である姉の頼みで、父鷹司信房の見舞いに京の都へ……。松姫への想いを胸に上洛する信平を待ち受ける危機とは？

妖《あや》し火 公家武者 松平信平6

佐々木裕一［著］

江戸を焼き尽くした明暦の大火。千四百石となっていた信平も屋敷を消失。松姫の安否を憂いつつも、焼跡に蠢く悪党らの企みに、公家武者の魂と剣が舞う！